第四〇号海防艦

栄光の強運艦の航跡

花井文一

元就出版社

掃海要員として残った士官室一同。前列左から中島、青木、藤井、後列左から高井、井上、中島、河角。昭和20年8月末、舞鶴軍港にて

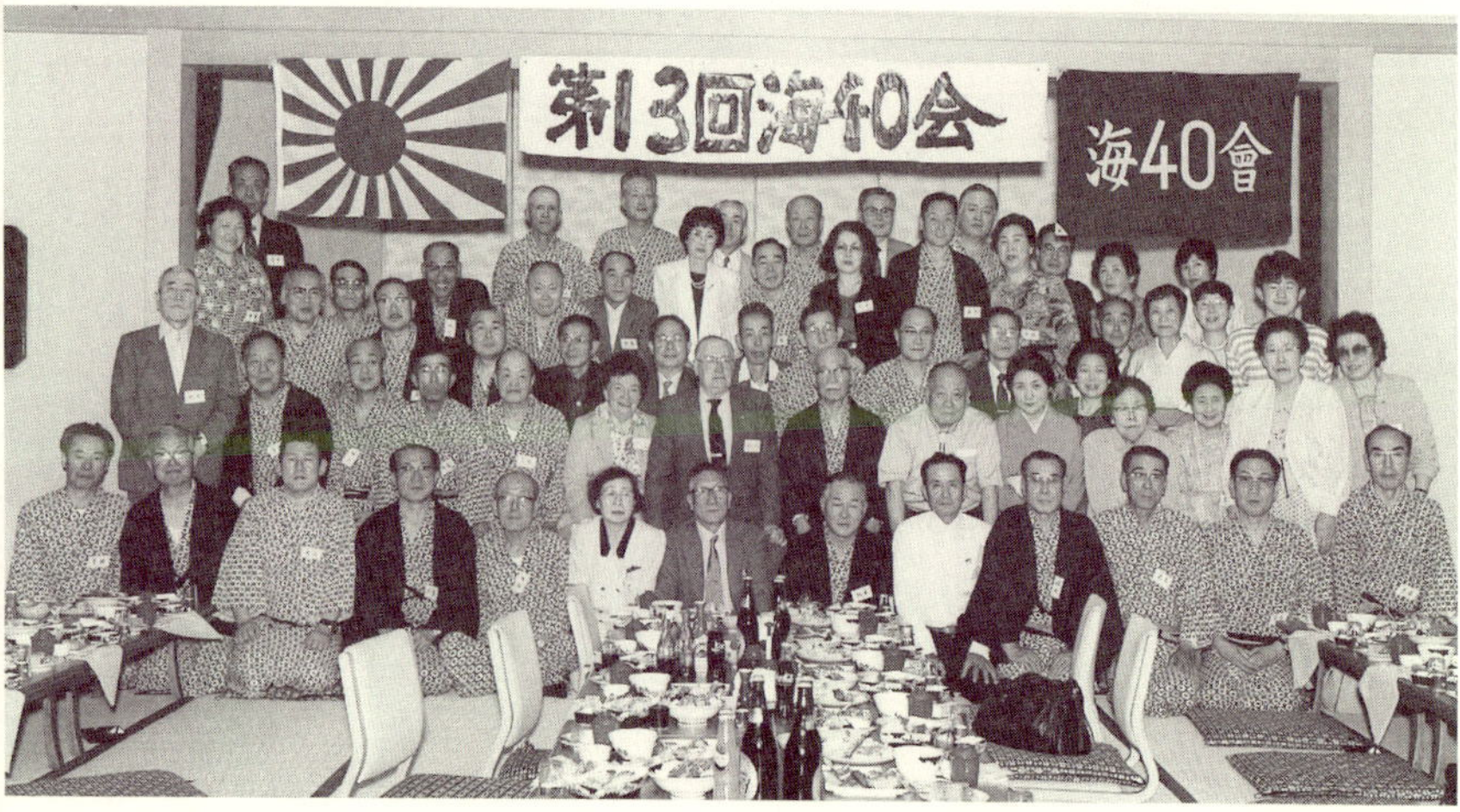

昭和63年5月7日～8日にスティパー氏夫妻を招いて開かれた第13回海40会

掃海要員として残った乗組員一同。昭和20年8月末、舞鶴軍港・第40号海防艦前で

〈第四〇号海防艦――目次〉

第一章――艤装員附を命ず　7
第二章――第四〇号海防艦建造　20
第三章――第四〇号海防艦各分隊の任務　28
第四章――対潜訓練と船団護衛　38
第五章――航海日記㈠　51
第六章――機雷原の海で　64
第七章――青木艦長の思い出　82
第八章――再会　90
第九章――航海日記㈡　102
あとがき　107

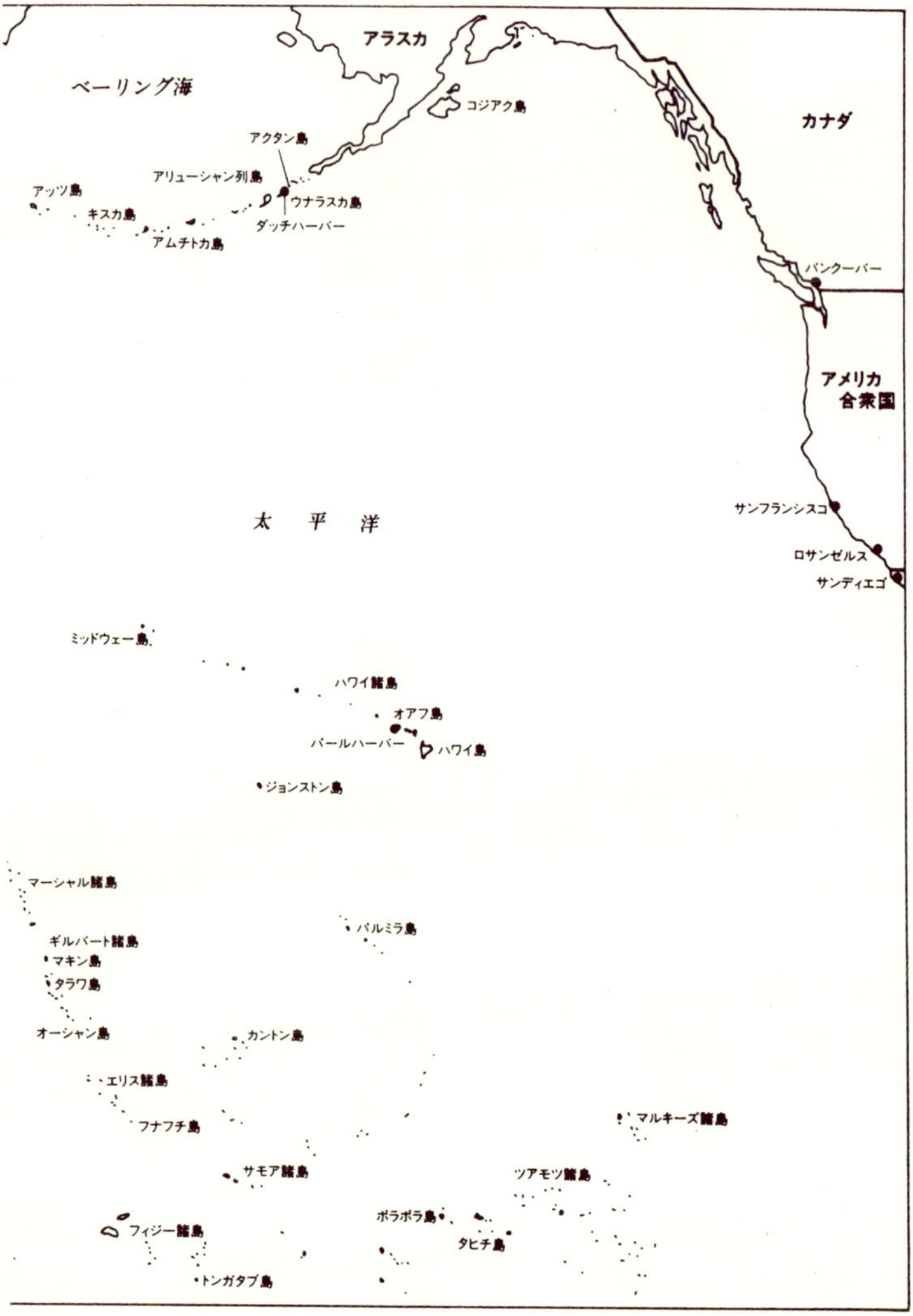
アラスカ
ベーリング海
コジアク島
カナダ
アクタン島
アリューシャン列島
アッツ島
ウナラスカ島
キスカ島
ダッチハーバー
アムチトカ島
バンクーバー
アメリカ
合衆国
太　平　洋
サンフランシスコ
ロサンゼルス
サンディエゴ
ミッドウェー島
ハワイ諸島
オアフ島
パールハーバー
ハワイ島
ジョンストン島
マーシャル諸島
パルミラ島
ギルバート諸島
マキン島
タラワ島
オーシャン島
カントン島
エリス諸島
フナフチ島
マルキーズ諸島
サモア諸島
ツアモツ諸島
ボラボラ島
タヒチ島
フィジー諸島
トンガタブ島

ソビエト社会主義共和国連邦
オホーツク海
カムチャツカ半島
コマンドルスキー諸島
黒龍江
樺太
ハバロフスク
千島列島
ウルップ島
択捉島
国後島
満州国
哈爾浜
長春
ウラジオストク
千歳
ウランバートル
ノモンハン
蒙古人民共和国
北京
大連
京城
日本海
日本
黄河
黄海
呉
東京
各務ヶ原
松山
大村
鹿屋
洛陽
中華民国
武漢
上海
揚子江
重慶
ブータン
インド
琉球列島
沖縄
台北
台湾
高雄
硫黄島
南鳥島（マーカス島）
ビルマ
香港
ハノイ
海南島
ラングーン
タイ
仏領インドシナ
バンコク
プノンペン
サイゴン
ベンゲット
バギオ
マバラカット
マニラ
ルソン島
フィリピン
フィリピン海
マリアナ諸島
テニアン島
サイパン島
グアム島
ウェーク島
エニウェトク島
レイテ島
南シナ海
ダバオ
ミンダナオ島
ヤップ島
ウルシー島
パラオ諸島
カロリン諸島
トラック島
クェゼリン島
ポナペ島
シンゴラ
コタ・バル
ブルネイ
英領ボルネオ
シンガポール
セレベス島
ボルネオ島
蘭領東インド
パレンバン
スマトラ島
ジャワ海
マノクワリ
アドミラルティー諸島
ナウル島
アイタペ
ラバウル
ニューギニア
ラエ
ニューブリテン島
ソロモン諸島
サラモア
ポートモレスビー
ガダルカナル島
ジャカルタ
バンドン
ジャワ島
スラバヤ
チモール島
インド洋
ポートダーウィン
珊瑚海
エスピリッサント島
ニューヘブリデス諸島
ニューカレドニア島
ヌーメア
オーストラリア

装幀——純谷祥一

第四〇号海防艦

〈栄光の強運艦の航跡〉

写真提供——著者・雑誌「丸」編集部

第一章――艤装員附を命ず

昭和十九年七月二十八日、第二十二期高等科運用術操舵練習生教程を卒業し、同日「呉海兵団附を命ず」。

七月二十九日、呉着で入団。横須賀～呉間は隊伍陸行で、同日、命「団内臨時勤務」となる。

約四十日ほどの臨時勤務は、兵十名を引率して軍需部の使役である。女子工員たちが縫製した軍服やシャツが箱詰めにしてあるのを、倉庫へ運搬する作業である。力のいる仕事である。

日曜日は休みで外出をするため、潜水艦基地隊を同年兵三人と歩いていたときのことである。十メートルほど先を五～六名の水兵がこちらに向かってくる。三メートルほどのところで、水兵の一人が私に向かって、「おい、花井じゃないか？」と声をかけてきた。見ると、小学生の頃の同級生である。

「お丶、伴か。おまえも海軍にきていたのか」

懐かしさのあまり、彼は敬礼するのを忘れていた。私の隣にいた同年兵が、

「おい貴様、上官を呼び捨てにするとは何事か」

今にも殴りそうである。私はあわてて、

「待て待て。彼は俺の同級生だから、勘弁してやれ」

と止めに入った。そして伴俊一と二～三分話をして、われわれ三人は外出のために軍港の衛門を敬礼して通過しようとした。すると、

「おい、その三人の下士官、ちょっと衛門室に入ってくれ」

三人が顔を見合わせて衛門室に入って待っていると、今まで衛兵に立っていた兵長が交替し、われわれの前に来た。

「呼び止めて申し訳ありません。花井文ちゃんでしょう」というその顔をよく見た。

「お、浅田繁蔵か」

「君も海軍に来ていたのか」

「いま十分ほど前に、伴俊一に会ってきたところだ」

浅田は、私よりも一級下の小学校の友だちである。思わぬところで同郷の者に会うと、じつに懐かしい。

十分ほど話をして、われわれ三人は下士官兵集会所へと急ぐ。そこでは、酒も甘いものも食事もできる。まず入浴し、食事と酒で乾杯をする。下宿のない者は宿泊もできるのである。私は呉駅の近くに下宿があるので、夕方、同年兵と別れて下宿で一泊した。

明朝、私は潜水艦基地隊へ帰隊するのである。私の第一志望は、潜水艦乗組である。そのうちに「○○○潜水艦乗組を命ず」といわれるのを期待して、一ヶ月余の勤務を続けていた。

昭和十九年九月七日、待望の転出命令が出た。「海防艦四〇号艤装員附を命ず」

である。海防艦とは、潜水艦を攻撃するのが任務である。

そしてその日のうちに兵七名を引率して、大阪の藤永田造船所へ陸行で、呉駅乗車、大阪に向かう。引率の兵たちは嬉々として話に夢中である。

私は潜水艦乗組が希望であるが、なぜか海防艦である。だが、青木艦長の下で、操舵長として第四〇号海防艦に乗り組んだがために、今日まで長生きできたのである。あのとき潜水艦に乗り組んでいたら、靖国行きであったろう。

今日から私は、潜水艦乗組はきっぱりとあきらめて、第四〇号海防艦の操舵長として任務に邁進することを心に誓ったのである。

大阪の駅に着いてびっくりしたのは、人の多いことである。人、人、人が駅にあふれていた。私は大阪は始めてである。

兵を構内に待たせ、駅長室へ行き、「藤永田造船所へ行きたいのだが」というと、親切に道順を教えてくれ、「ご苦労さんです」と言ってくれた。

地下鉄に乗って、大国町で下車する。地上に出て港線に乗り換え、目的地へ向かう。藤永田造船所前で下車する。歩いて十五分ほどで着いた。会社の門衛に、〃呉

昭和22年 7 月、佐世保。左から海22、海12、隠岐、海40、104、217

から来た海防艦四〇号の艤装員附である〃ことを伝えると、係の人が出て来て、「ご苦労さんです、どうぞこちらへ」と案内されたところは、会社の社員食堂である。

「当分の間、食事はこの食堂で社員と一緒にお願いします。隣の社員寮が宿舎になります。海防三六号の方と同居でお願いします」

係の人に、引率してきた者の氏名、人数などを報告する（食事と寝具の用意のためである）。

われわれは隣の宿舎へ行く。みんな大きな衣嚢《いのう》をかついでいる。中身は軍服、衣類、軍帽、日用品など、生活に必要なものである。

汗びっしょりだ。早く宿舎に入り、みんなを休ませてやりたいと思った。私たちが一番乗りのように思った記憶がある。電車の駅から、大きな衣嚢をかついで二十分ほどの強行軍であった。

「おいみんな、三十分の休憩、横になってもよい」と伝え、私は係の人のところへ行き、入浴場所、朝礼の場所などを聞いた。

伊号第38潜水艦

「四〇号海防艦はどこで作るのか」と聞くと、「場所はこのドックですが、九月七日の今日、起工式がすんだところです」とのことだ。まだキール（船底の骨格）も船台も、何もなかった。これでは当分の間は、何もすることがなく、困ったことだと思った。

工場を案内してもらう。工員の男女が、必死になって作業をしている様子を見て、われわれも負けてはおれないぞと思った。

三十分後に社員寮（四〇号海防艦宿舎）に帰ると、みんな不安そうな顔で、私を見上げる。

「みんな聞け。今日からここで海防艦四〇号ができあがって乗組となり、出航するまで、ここで勤務をすることになる。食事は社員食堂でする」

入浴場所、朝礼場所などを知らせ、「本日は外出なし」で、宿舎でごろ寝である。枕と毛布一枚で、大阪の夜は静かにふけていく。私はなかなか寝つかれなくて、伊三八潜乗組の頃を思い出しているうちに、いつしか眠ってしまった。

翌朝、人の話し声に目をさます。七時に起床して、広場で体操の号令をかけ、点呼後に食事となる。

われわれの宿舎は、第三六号海防艦の乗組員と相部屋であり、船台も隣である。三六号海防艦はキールから骨組が上甲板までできあがっていた。第四〇号海防艦はキールもなく、船台の分厚い板が敷いてあるのみだ。三六号と同型ゆえ、三六号を見学しておけば、四〇号も同じようにできあがっていくという。これから三六号を毎日、見学に来ることにした。

ドックは海に続いていて、かなり傾斜がついている（台座をはずして、進水式のとき、海へ滑り込むためである）。

三六号の作業は、電気溶接が火花を散らしていた。また重要なところは、タベット鋲《びょう》でかしめている。

真っ赤に焼いた鉄鋲を十メートル以上ある距離のところへ鋏《はさみ》ではさんで投げるのである。その鋲を、三角型の容器で受け取り、ほかの二人が内と外でエアハンマーで、ダダダッとタベット鋲の頭を潰してかしめている。

私は彼らの呼吸の合った作業にじっと見とれていた。野球でいうならば、ピッチャーとキャッチャーである。しかもボールのかわりに、真っ赤に焼けた鋲が飛んでくるのだ。投げる方と受ける方の気合いが合わないと、鋲が体に当たれば大やけどをするのである。

宿舎へ帰ってみると、第四〇号海防艦艤装員附を命ぜられて、つぎつぎと下士官・兵が送り込まれてきた。その中に第三分隊の先任下士の高井兵曹、西田兵曹、大谷兵曹、伊藤兵曹、大朝兵曹と、各部の長の下には下士官・兵がいて、その部署を守っている。

第四〇号海防艦艤装中は、大阪市内に下宿をするか、または下士官兵集会所（天王寺動物園前）の「はり重」元料亭が、われわれの休息場所である。私は毎日、外泊のときには利用していた。

夕方、藤永田の宿舎を出て、大国町で乗り換え、地下鉄にて動物園前で下車する。ジャンジャン横町で一杯やってから「はり重」へ行き入浴。食事には、ビールか酒が一本付いていていた。

食事をしながら一杯飲んでいると、四〇号海防艦の若い水兵が、「花井兵曹、私

昭和９年頃の戦艦「日向」

は飲まないから、これ飲んで下さい」と言って、私の前においていくことがたびたびあった。

私は当時、かなりの酒をのんでも酔わなかった。それは伊号三八潜水艦乗組で先輩に学んだためか、飲むことも遊ぶことも一人前である。海軍に入って四年になる。善行章一本（三年に一本付与される）を付けて高錬を出たばかりの二十一歳である。一番張り切っていたときである。

先任下士官はみんな善行章三本以上で、海軍の大先輩である。第三分隊の先任下士官は高井兵曹で、九年も十年も海軍の飯を食っているから、その薫陶をうけ、おのずから厳しさが身に付いてくるのだ、と思った。その彼に呼びつけられた。「花井兵曹、お前は若くて張り切っているから、甲板下士をやれ」とのことだ。私は軍艦「日向」で砲術科一年間と航海科一年間の計二年間勤務し、太平洋方面の作戦に従事していた。

軍艦「日向」は二千人もの乗組員がいる戦艦である。軍律も日本海軍の中で一番厳しい艦である。「鬼の日向か蛇の伊勢か、いっそ海兵団で首つろか」といわれたほどの戦艦である。その艦にも、甲板下士官はいたと思うが、私はその任務を知らなかったのである。

先任下士官から教えられ、まず一日の始め「総員起こし五分前」の号令から点呼、朝の体操の号令等々、甲板で行なう一切の行事の指揮を取るのである。また来客の送迎など、いろいろと先任下士官より教えてもらった。

艦ができあがっていないのにと思ったが、「できあがってからでは遅い。今から気合いを入れて練習をするように」といわれた。これは大変な任務を引き受けたと思っても、後の祭りである。心を鬼にして、厳しく鍛えることを心に誓ったのである。

一日ごとに人数が増加して、一週間が過ぎ去った。われわれ八名が藤永田造船所へ来た九月七日より月末の頃には、三〇～四十名になっていた。新しく艤装員附となって呉海兵団から送り込まれ、第四〇号海防艦の乗組員は次第に増加する。

第二章――第四〇号海防艦建造

昭和十九年九月二十日、キールおよび船体下部の組み立てを始める。いよいよ第四〇号海防艦の建造がスタートしたのである。昼夜交替で突貫工事である（約三ヶ月余で完成）。

骨組ができあがり、外板ができあがる前に、機関および発電機などが取り付けられる。電気溶接の火花が飛んでいる。日一日とできあがってくる。

艦の図面を見ながら、私の管理になっている舵および舵軸の系路を頭の中に入れる。注油個所をチェックし、航海中に故障が発生したときの応急処置などがいつでも取れるようにするのが操舵長の責任である。

操舵員は三名いる。私の下に田中義秋二曹と三好金一上水がいて、四〇号海防艦の操舵を担当するのである。出入港時、狭水道戦闘配置のときは、かならず操舵長が操舵を担当する。通常航海のときには三直交替で、二時間当直して四時間休憩ができるのである。

四〇号海防艦は、骨組ができあがったところである。宿舎にいても仕事がないので、夕方になると全員外泊である。下宿のある者は下宿へ、ない者は天王寺動物園前の「はり重」が下士官兵集会所である。宿泊ができるし、食事もできるのである。

ある日、私はビアホールで生ビールを一杯飲んでから、宿泊のため「はり重」で食事をし、それからジャンジャン横町の地下にある卓球場へ、久し振りに卓球をやりにいく。三〜四台の卓球台があり、若い女の子四〜五名がやっていた。

「仲間に入れて下さい」と言うと「どうぞ」と言ってくれて、約一時間半ほどプレーをする。汗ばむくらい運動をした。夢中になって卓球をすると、ストレスが取れ、スッキリとする。パチッとサイドに打ち込んだときは、何ともいえない。胸がスーッとする。

卓球場が閉店時間になり、通天閣の下を散歩する。彼女たちと一緒である。（彼女たちは、どこへ帰るのかな？）と思いながら話をしていると、また来た方へ引き返してジャンジャン横町を通過し、「はり重」の横を右に大通りへ出て天王寺方面へ向かう。

「遊びに来ませんか」の一言に、私は厚かましくも、どんなところに勤めている娘たちかと、好奇心が湧いたのである。ワイワイといいながら、大通りを十分ほど歩いたところで右に入る。三分ほど歩くと、大きな三階建てのビルの玄関へと入る（暗くて最初は不明だが）。

私の鼻はよくきく。消毒の臭いがぷーんとした。大きな病院の玄関である。彼女たちは看護婦のグループであった。何回も卓球場で会うようになり、親しくなって病院へも行くようになった。

あるとき、私は扁桃腺が腫《は》れて四十度近い熱が出た。解熱の注射をしてもらったが、朝になっても足がふらついて熱が下がらないのである。

藤永田造船所内の先任下士官高井兵曹へ電話をかけて、「南市民病院へ入院、扁桃腺が腫れて四十度の熱が出ている」と伝えると、「馬鹿者、熱が出たぐらい何だ。這ってでも帰ってこい」と、大目玉をくらった。致し方がない。また注射をしてもらい、フラフラとしながら、藤永田の宿舎へ帰ったのである。

高井先任下士官に、「遅れまして申し訳ありません」と敬礼すると、「今日は大目に見てやる。軍艦で遅れたら、営倉もんだ。永久に進級せんぞ。以後、絶対に遅れるな。すぐ診療所へ受診して、薬をもらってきて今日は休養せよ」との親心である。

診察を受けてアスピリンをもらい、毛布をかぶって休養する。戦争中といえども、病気には勝てない。みんなうるさい甲板下士がのびているので、ほっとしていることだろう。

しかし、同年兵は心配して、氷枕を診療所から借りてきてくれたりして、「のどを冷やせ」とか、「お前もついにのびたか。あまり張り切ってやるからだ。少しはずぼらをせい」と忠告をしてくれる。戦友の親切が身に沁みる。

二〜三日休養したら熱も下がり、元気になった。また、今日から張り切って、第四〇号海防艦甲板下士官の任務につくのである。

次第に乗組員の人数も多くなって、五十〜六十名になった。酒保用品も、甘いものを仕入れるにも、たくさん注文をしなくては二コずつ当たらなくなってきた。

私は甲板下士のほかに、酒保長の役も引き受けた。大きな軍艦には、夕食後に「酒保開け」の号令があり、酒保に行って自分の嗜好品《しこう》を買って楽しむ時間がある。

小さい軍艦には、そうした設備はないから、酒保長が適当に造船所の売店に依頼したりする。あるときは衣嚢を持って（中身を全部出して空にして）兵五〜六名を引率し、和歌山の御坊町出身の北野上水の親類のみかん園へ買い出しに行って大歓迎を受けたことがある。

「食べたいだけ取って、食べて下さい」の一声に、みんなガツガツと食べた。帰りに二十キロ〜三十キロのみかんを肩にかついで、駅まで歩く。重いみかんの衣嚢をかついで、大阪の藤永田造船所へ持ち帰って宿舎で配給をするのである。途中、下

第二章——第四〇号海防艦建造

海防艦42号。40号の同型艦・丁型

痢する者が出て、草むらで人がきを作って用をたしたりした。

「あまりガツガツ食うからだ。腹も身の内だ」と注意したが、後の祭りである。

また、五月頃と思うが、桃の季節が来たので、衣嚢を持って五～六名の兵を引率し、奈良方面の農園へ桃の買い付けに行ったことがある。そのときも農園の人が、「なんぼでも取って食べて下さい」とのことで、みんな腹いっぱい食べてから、衣嚢に桃を半分入れて（一杯入れると重くて持てないゆえ）、衣嚢をかついで藤永田造船所へ持ち帰り、乗組員全員に配給するのである。このときは下痢の者は出なかったように思う。

こうした作業も、酒保長の任務の一つである。

当時、大阪の街では、若い水兵はもてでもてであったと聞く。大阪は陸軍の街である。海軍は珍しく、女の人から誘われることがたびたびあったと聞く。下士官はまた別である。私が大阪駅のホームに立っていると、駅員と間違われて、「この汽車は東京へ行きますか」と聞かれたことがある。

昭和十九年十一月十五日、進水式。くす玉を割って、艦は海へすべり出す。内装が始まる。急にいそがしくなってきた。工員に指示をして、自分の部署を、航海中勤務しやすいように注文を出して作ってもらうのである。

いろいろな兵器が取り付けられてきた。大砲、機銃、機雷投射機、投射軌条、高角砲など甲板上の装備が取り付けられて、次第に戦闘艦らしくなってきた。

第三章——第四〇号海防艦各分隊の任務

第四〇号海防艦は第一分隊から第四分隊まであり、第一分隊は砲術科、第二分隊は機雷科、第三分隊は航海科、第四分隊は機関科に分かれている。各科は分隊長、分隊士、下士官、兵で構成されている。

第一分隊の任務は前後部にある。十二センチ単装高角砲と二十五ミリ三連装機銃で、航空機や艦船の攻撃が任務である。砲術長岡本中尉、橋田兵曹長、清水兵曹ほか数十名が担当する。

第二分隊の任務は、両舷に十二基の爆雷投射機と艦尾から投下軌条を使って爆雷を投下し、潜水艦を攻撃する任務である。安藤中尉、有宗兵曹ほか数十名が担当する。

第三分隊は信号、電信、暗号、操舵、主計、看護、応急と、一番種類が多い。信号の任務は、本艦が航海生活に必要な僚艦との交信である。交信には手旗信号、旗旒信号がある。一枚の旗にも、いろいろな意味がある。

日露戦争のとき、東郷平八郎長官が一枚の旗旒信号のZ旗を「三笠」のマストに上げて、あの有名な「興国の興廃此の一戦にあり。各員一層奮励努力せよ」と、日本海軍の各艦隊に伝達したのである。

第三分隊の航海長は中島大尉、航海士は川本少尉、信号長高井兵曹、藤田兵曹ほか数名が担当する。

電信はモールス信号のトン、ツウで、鎮守府から命令を受けたり、また敵艦船の電文を傍受する任務である。大谷兵曹ほか数名がこの任務に当たる。

暗号は、電信のトン、ツウで傍受した電文を、暗号書で解読するのである。敵、味方ともに暗号電文がほとんどである。終戦前の艦隊行動の暗号命令は、敵にほとんど解読されていて、待ち伏せ攻撃を受けたのである。暗号長は西田兵曹、前沼兵曹ほか数名で、この任務に当たる。

操舵は縦舵のみで、水上艦船はみんな同じである。潜水艦は潜舵、横舵、縦舵とあり、特種な構造になっている。操舵長は花井兵曹、田中兵曹、三好上水がこの任務に当たる。

主計は経理と烹炊員とあり、終戦までは本艦の乗組員二百余名の給食を作る任務である。どんな大きな台風に遭遇しても、自分は船酔いでフラフラしながらでも、乗組員全員の食事を作るのである。戦闘配置についているときは、オムスビを作って各部署へ配給するのである。この任務は経理に沢井兵曹、烹炊長に伊藤兵曹、住谷兵曹ほか数名が担当する。

看護は戦闘中の負傷者の手当治療、病気のものには投薬などをおこなう。本艦には大手術の設備はないので、入港した時に病院に送り込む手配をしたり、本艦の衛生管理を担当するのである。この任務には、山崎軍医と大朝兵曹が担当する。

応急とは運用術応急班で、被弾して破損したところや、浸水個所の応急処置をし

第四〇号海防艦乗組時代の著者

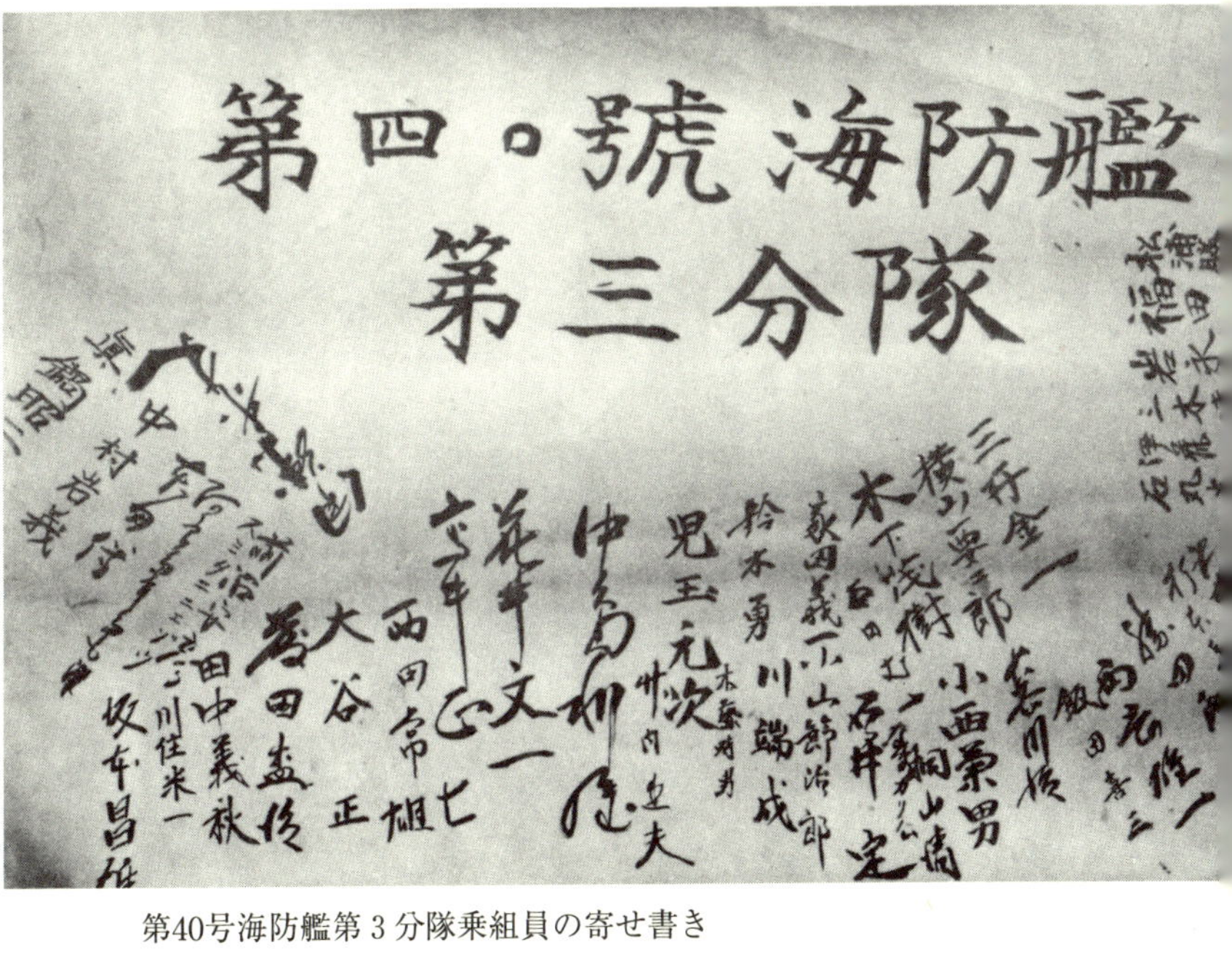

第40号海防艦第３分隊乗組員の寄せ書き

たり、操舵員が弾丸で負傷したとき、ピンチヒッ[redacted]ーとして操舵をしたりする任務である。応急に野口兵曹ほか数名が担当する。そ[redacted]かに電探と水中聴音の操縦をする者もある。

第四分隊は機関科で、第四〇号海防艦の原動力で[redacted]ある。機関は重油を燃料として、タービン三基により水進器を回転させて、十七・[redacted]ットのスピードが出るのである。艦内の照明や炊飯器などに必要な発電機二基[redacted]作するのが機関科の電機の任務である。機関長は藤井少尉、電機長は井上機曹[redacted]か数十名が担当する。

機関は水面下に設置されているので、敵潜水艦の魚雷攻撃を受けると、爆発と同時に浸水し、二ツに折れて脱出は不可能である。電機溶接で鉄板を接着しているところが多いのである。

戦艦は大きいので、一隻出来上がるのに数年かかるが、海防艦は四ヶ月で出来上がる。半消耗品のごとく思われているが、艤装のときから艦長自身が製造にタッチする。工事に手落ちがないかを、作業服を着て艦底の二重底にまで這いずり回り、万全を期して艤装作業の監督、督励をしたのである。

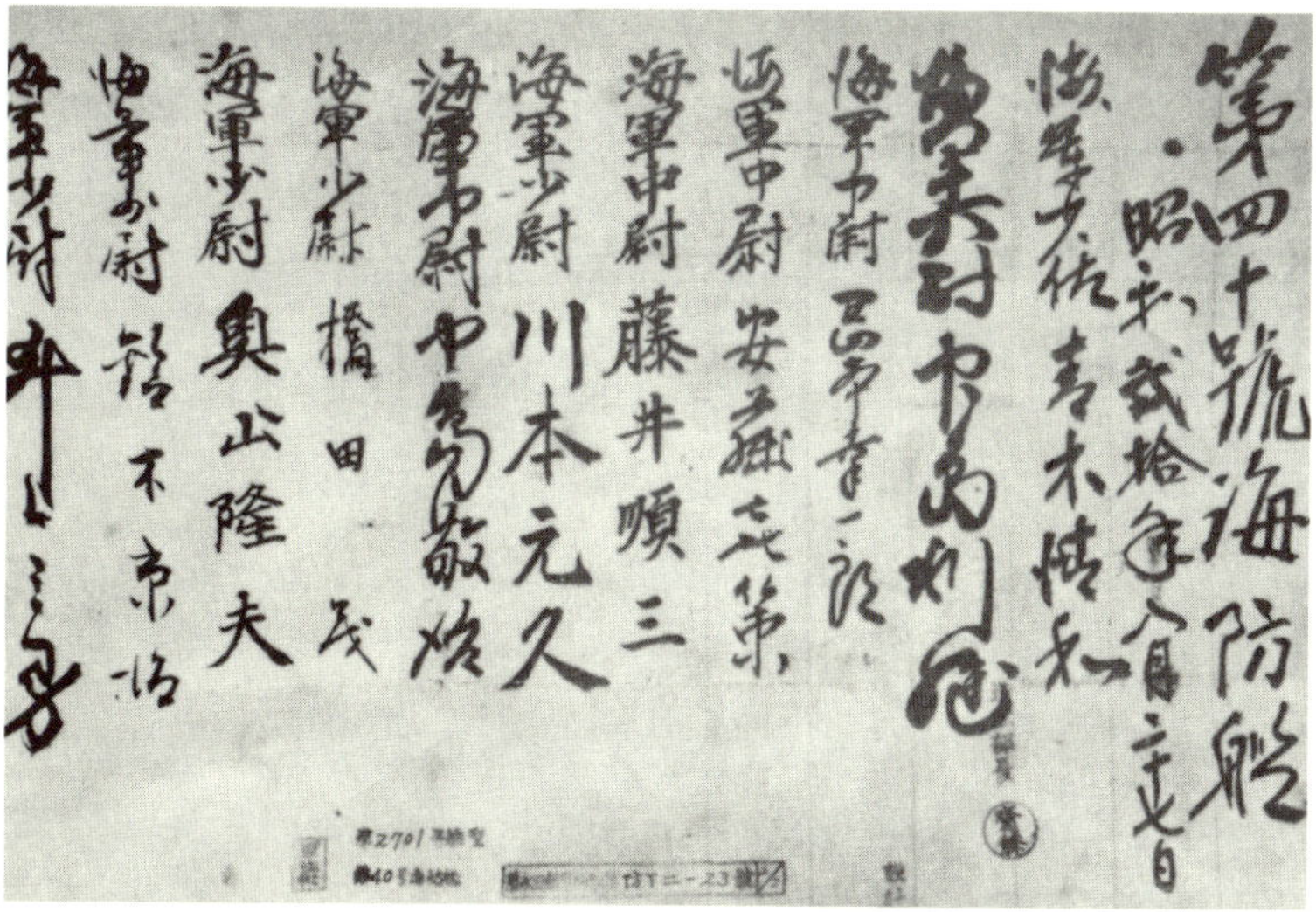

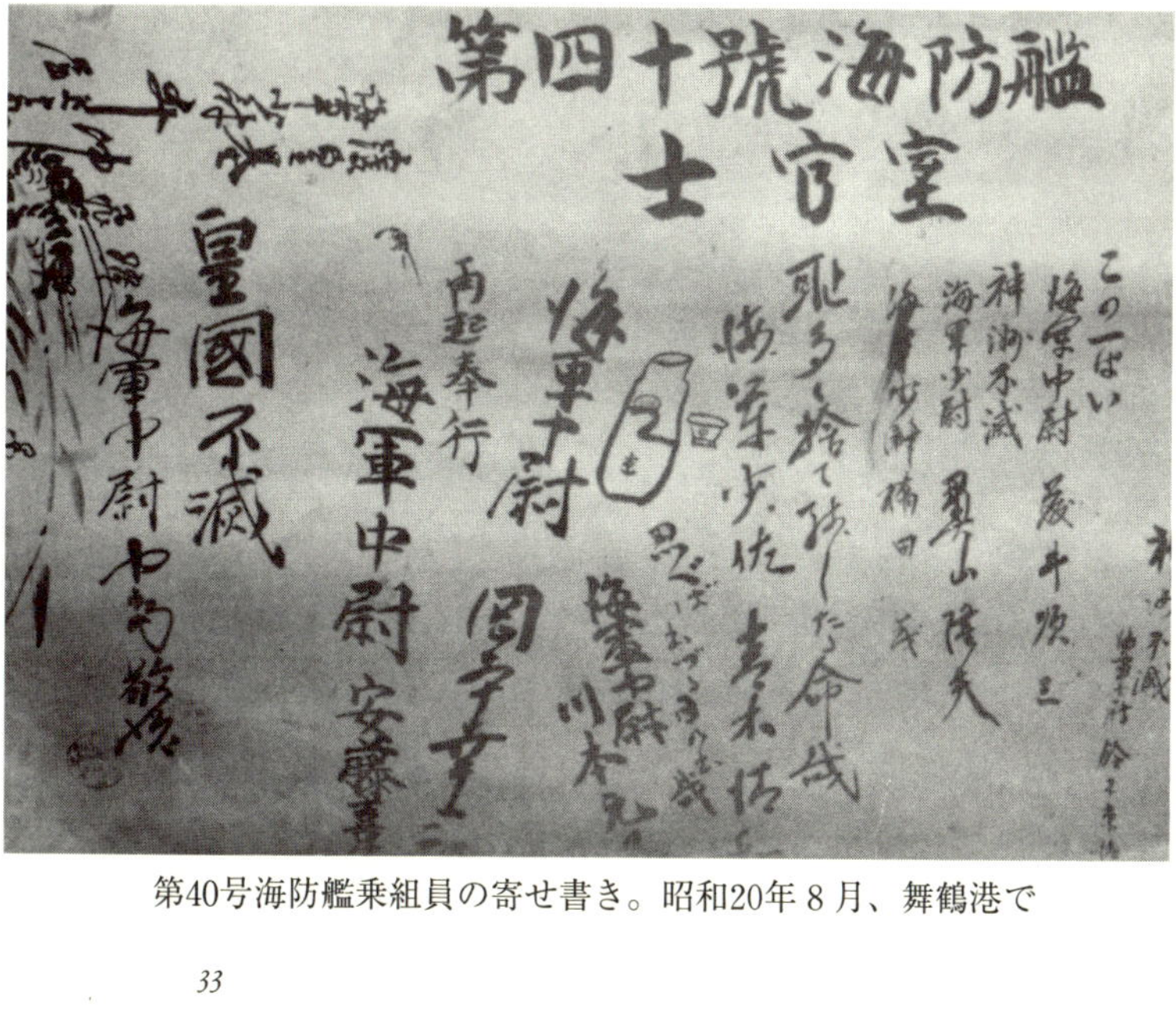

第40号海防艦乗組員の寄せ書き。昭和20年8月、舞鶴港で

青木艦長は、川崎汽船で数隻の商船を艤装した体験があり、艤装の何たるかを熟知していて、四〇号海防艦の対航性の万全を期するため、艤装作業に全力を傾注したのである。

当時、藤永田造船所で本艦の隣のドックで艤装中であった第三六号海防艦は、受け渡し後に呉に回航され、その直後に艦体漏水のため航行不能となり、工廠において一ヶ月以上の修繕を余儀なくされたのである。

艤装のベテランの艦長は、本艦の責任者として工事に万全を期し、手落ちのないようにみずから現場を見て回った。乗組員が安全に航海任務を達成できるようにと、細心の注意をはらう責任感の強い艦長である。

各部署の長は、造船所の作業員に指示をし、漏水や手抜き工事のないように最高の仕上がりで、第四〇号海防艦は完成したのである。航海中に浸水などの事故もなく、危険な掃海作業の任務も完遂できたのである。

昭和二十年八月十五日、終戦以後は陸軍も海軍も全部復員をするが、一部の者は残務整理や第四〇号海防艦のように、米軍の命により掃海作業の任務につく艦もあった。

その乗組員も、一度復員したが、事情により、また艦に戻ってきた。看護の大朝兵曹は、艦長、先任にお願いして、再度乗組員になったのである。そして衛生管理に、怪我の手当などを担当するのである。

西尾兵曹は、東京の海軍経理学校幹部練習生のときに終戦となり、補充員として待機中に第四〇号海防艦乗組員となった。そして掃海作業に、また賠償のための整備作業に、経理担当として努力する。賠償航海の青島行きの前に、舞鶴より復員をしたのである。

予科練出身で飛行兵の鈴村君も、終戦で飛行機に乗れず、復員した人の補充員として第四〇号海防艦の乗組になり、トン、ツウができるので、電信を希望する。だが、欠員がなく、主計科烹炊員として、毎日六十余名の食事を作ったとのことである。「なせばなる。何事も」である。努力の結果は、烹炊競技大会で一等賞である。彼は乗組員に栄養のある食事を作って、給食をしてくれたのである。

最後まで本艦とともに航海をし、無事青島で引き渡しを終わり、五艦の乗組員は、商船で日本に帰国したのである。

終戦の当時から、本艦の乗組員の中には、早く復員したくて交替要員を申請し（あまりにも掃海作業は危険な作業であるので）、復員を待っている者もある。私もその一人であった。

青木艦長、中島先任を中心に、第四〇号海防艦の乗組員は、一丸となってそれぞれの任務に邁進したのである。終戦後の危険な掃海作業中にも、大きな触雷事故もなく、無事任務を完遂できたのは、艦長の「絶対に死なせないぞ」の信念と〝幸福の女神〟が第四〇号海防艦を守ってくれたからである。

五十余年前を振りかえると、若き日の第四〇号海防艦乗組時代が、走馬灯のごとく懐かしく思い起こされるのである。

一人亡《ゆ》き　二人亡《ゆ》きたる　戦友を
偲びて我は　むなしき思い

生死を共に、そして苦楽も共にしてきた戦友が、高齢のせいもあるが、最近つぎつぎと亡くなって行く。淋しいことである。青木艦長は数年前に亡くなり、中島航海長も、昨年（平成十三年二月末日）に亡くなった。御冥福を心よりお祈りする次第である。

思いでは　遠くにさりて　黄海の
　散り行く人に　祈り捧げん

第四章——対潜訓練と船団護衛

昭和十九年十二月二十二日、軍艦旗掲揚式。警備海防艦として呉防備戦隊に編入される。試運転のため大阪湾へ出港する。呉防備隊に編入される。海防と船団護衛の任務につく前に一ヶ月間、佐伯防備隊対潜訓練隊で対潜訓練に従事することになる。

青木艦長のもと、毎日潜水艦攻撃の訓練である。見張員が「右二十度潜望鏡」の報告を受けると、艦長は「両舷全速、爆雷戦用意」「面舵二十度」。私は「面舵二十度宜候《ようそろ》」と報告。潜水艦に向かって進み、「爆雷戦用意よし」の報告がある。

艦長は「爆雷投射。投下始め」の号令を下す。左右両舷から、投射機より爆雷受けとともに高く打ち上げられるのである。後部へは投下軌条を転がって、艦尾へ爆雷は落下していくのである。艦のスピードが遅いと、爆発によって自分の艦がやられてしまう。全速十七・五ノットで直進するのである。

艦長は「爆雷戦止め」「砲撃戦用意」の命令である。大砲の係が配置についていて、「砲撃戦用意よし」。艦長は「前方二千の商船撃て」の命令で、砲撃戦が始まるのである。

爆雷戦、機銃戦と、毎日の猛訓練が続く。実戦と同じように毎日毎日、猛訓練が一ヶ月間続けられたのである。乗組員の動作も向上し、見敵必殺の心がまえで日一日と上達していったのである。

対潜訓練も終わり、いよいよ船団護衛の任務につく。香港に向け、門司を昭和二十年二月五日午前七時に出港する。運航指揮官土井大佐が乗艦した。護衛艦は海防艦四〇、海防艦六九、駆潜艇二一、商船三保九、金泉丸、北京丸、万世丸を護衛し、一路香港に向け、第一回目の任務である。

沈着に　命令下す　艦長の
心を知りて　舵を取りつつ

敵潜水艦にも発見されず、船団は一路南下する。沿岸航法により敵潜水艦の目をかすめて、目的地香港へと進む。途中、泗礁山に寄港して、無事香港に入港する。上陸許可が出る。

港に上陸するや、小さい子供が寄ってきて、「シーさん、シーガレット」と手を出す。「tenen」一コ十円で買うと言うのである。自分の吸う分しか持っていない一コ四銭の「ほまれ」が十円とはおどろきだ。

私は次の上陸のとき、チェストにある煙草全部を持って上陸し、革のカバンと交換したのである。煙草二十個で、商店の主人は「プシンプシン」と言う。それなら止めると、煙草を持って帰ると言ったら、「OK」「OK」と話ができて、カバンが手に入った（そのカバンも、呉の下宿においていたので、空襲のとき焼けてしまった）。

藤田兵曹と二人で街を歩いていると、年輩の男性が近づいてきて、「ご苦労様です。お二人を御招待したい」との申し入れである。大きな中華料理店へつれていかれて、大変な御馳走になった記憶がある。

その方の言うには、「日本円は一定の額しか内地へ持って帰れないので、失礼とは思ったが、お二人の方に香港料理を腹いっぱい食べていただき、香港の良き思い出にしてほしい」とのことであった。感謝感激し、厚くお礼を申し上げてお別れをした次第である。

香港に六日間停泊し、また船団を護衛して門司に向かう。三月十日十一時三十分、門司に入港する。第一回目の船団護衛を、無事完遂したのである。

第二回目の船団護衛は、昭和二十年三月十六日、基隆《キールン》に向け、朝七時十五分、門司出港（モタ船団）。筥崎丸、辰春丸、日光丸、聖川丸を、護衛艦は海防艦四〇、竹生、海防艦一〇二、海防艦一〇六が随伴する。

之字運動で航海中、黄海にて筥崎丸が敵潜の雷撃を受けて沈没する。また辰春丸も小破する。泗礁山に仮泊。沿岸の港に仮泊しながらも、十日ほどかかって昭和二十年三月二十六日午後五時、台湾の基隆に入港する。乗組員の休養と、水、食糧、重油の補給のためである。

黄海の　さざ波切って　潜望鏡
　姿なき敵　我に向かえり

五日間の基隆碇泊中に、敵艦載機の大空襲があった。半舷上陸中の者は帰艦もできず、当直の者は戦闘配置に付いてテンヤワンヤであった記憶がある。上甲板には、砂糖の袋が山積みである。軍需部の人が、一日がかりで積み込んでいる。内地へ運んで、航空燃料にするためとのことである。いよいよ飛行機の燃料も欠乏し、出撃する飛行機も、片道燃料で敵艦へ突入していく時期である。

商船二隻を護衛し、波もなく鏡のごとく静かな黄海を行く。二隻の商船を、四隻の護衛艦が前後左右を守りながら、内地に向かう。之字運動をしながらである。

青木艦長は艦橋の右はしの指定席に、川本航海士は海図板の前にいる。私が当直

第四章——対潜訓練と船団護衛

日本の輸送船団、手前は軽巡

で操舵中、見張員から突如、

「右前方、潜望鏡こちらに向かってくる」

青木艦長は指定席から立ち上がり、「なめやがって」と一言。

「戦闘配置につけ」「面舵、いや取舵一杯」と命じた。

敵の潜望鏡は、我が艦の前方を左へ進んで行く。その後を追って、潜望鏡をへし折ってやろうと考えたのだ。舵のきくのが遅い。追いついた頃には、潜望鏡は沈んでいた。

「爆雷投下用意」――青木艦長が左舷に来たとき、日光丸が敵潜水艦の魚雷攻撃を受けて大爆発を起こし、二ツに折れて黄海の海深く沈んでいく。船の横腹をすべり落ちていく沢山の人が、海で泳いでいる。

「爆雷投下用意よし」――いま投下すれば、海で泳いでいる沢山の人が、血を吐いて死んでしまうと艦長は思ったのか、全速で走って、距離を取ってから、「爆雷投下投射」の命令を下した。思いやりのある艦長の気持が、操舵をしている私にもよくわかる。

爆雷の　雨を降らせて　敵潜の
　行え求める　暮れ行く黄海《うみ》に

私は元潜水艦乗りゆえ、近くの海底に敵潜はいると思う。当時の潜水艦の海中速力は、八ノット前後のスピードである。爆雷投下を敵潜水艦もわかっているので、深々度潜航をするか、または反転して針路をごまかすのである。水中聴音器で、我が艦の針路も測定しているはずだ。

やるかやられるかのせとぎわである。艦橋に殺気がみなぎる。青木艦長、中島先任、川本航海士、水雷長、砲術長、伝令と、狭い艦橋には、張りつめた空気が流れる。

沈没した商船から二千メートルほどの距離に来たとき、再度、艦長は命令を出す。「深度八十、爆雷投下。投射始め」で両舷へ投射する。後部より投下を始める。艦は、全速で走っている。一分もしないうちに爆発音がズシーンズシーンと艦を持ち上げるような震動が連続して起きる。敵潜が近くにいたら、爆破沈没である。

私は操舵長として、艦橋の中央で舵を取っている。艦長は艦橋右前部の腰掛けが指定席である。戦闘配置のときは何時間でも艦橋で指揮を取っているのだ。通常航海のときは、三直交替で当直を交替するのであるが、当時は敵潜水艦がいつ攻撃してくるか不明なのである（私は伊三八潜に一年間、操舵員として勤務していたのでよくわかる）。

姿なき敵潜水艦が、商船の通路で待ち伏せしているのである。潜水艦は一隻～二隻で、無線で交信しながら船団の進行方向を僚艦に知らせ、船団のくるのを待ち受けていて魚雷攻撃をするのである。潜望鏡から発信するので、水上には潜望鏡の先だけで潜水艦の姿は見えないのである。

商船が　雷撃受けて　沈み行く
潜下の敵に　我は攻撃

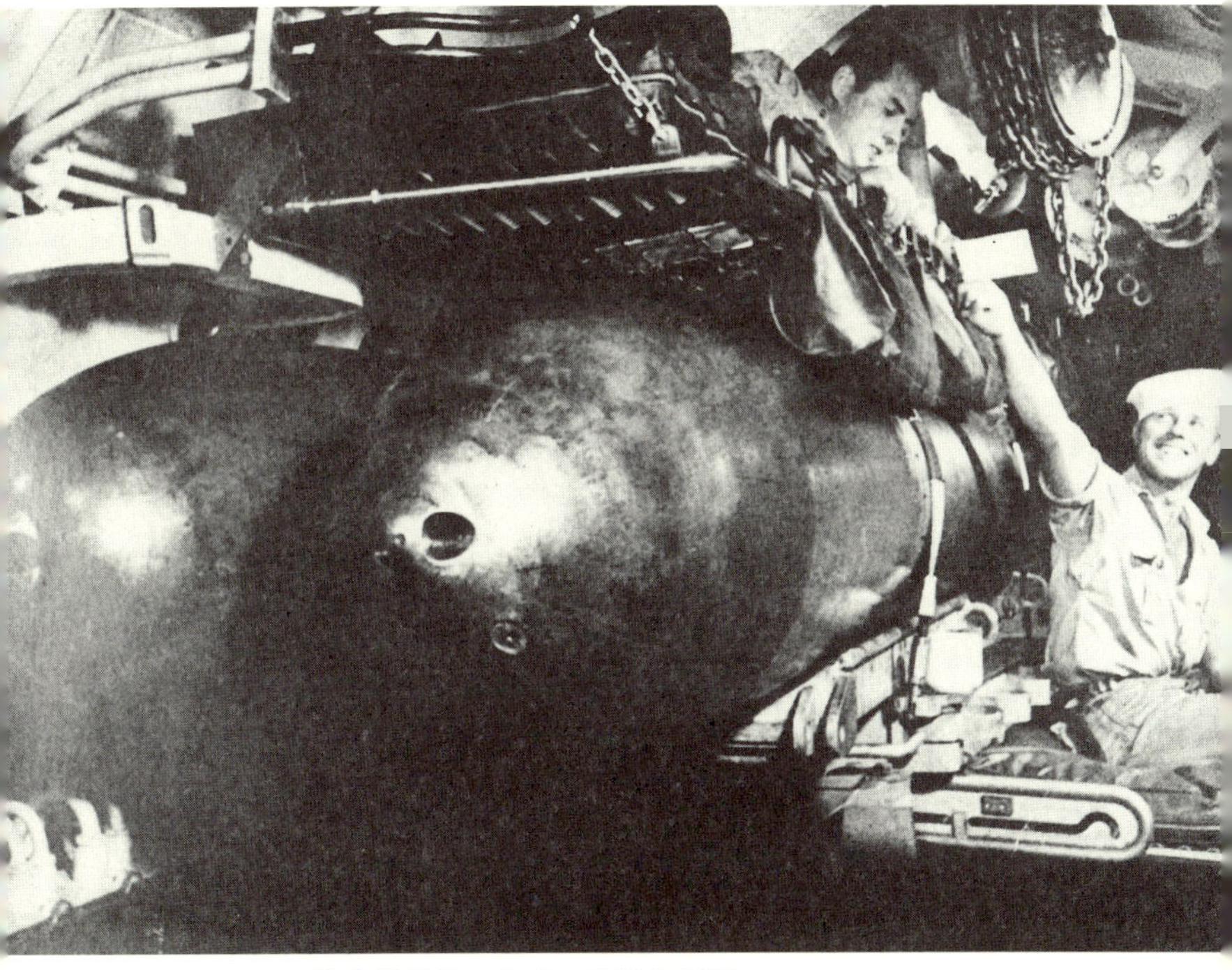

アメリカ潜水艦乗員の寝床。魚雷と同居

青木艦長は、責任感の強い、部下への思いやりのある最高の艦長である。「絶対に死なせないぞ」の決意で、艦長は乗組員の長として、〝幸運の女神〟第四〇号海防艦を守っていたのである。

ここで第四〇号海防艦（丁型）の要目を掲げておこう。

全長	六九・五〇メートル
水線長（公試）	六八・〇〇メートル
最大巾	八・六〇メートル
深さ	五・二〇メートル
排水量（公試）	九〇〇・〇〇トン
吃水（公試）	三・〇五メートル
排水量（基準）	七四〇〇〇トン
重油満載量	二四〇トン
航続距離	一四ノットで四五〇〇カイリ

速力　一七・五〇ノット
軸馬力　二五〇〇〇馬力
高角砲　一二センチ単装二基
機銃　二五ミリ三連装二基
爆雷　一二〇個
投射機　三式（植込式）一二基
投下軌条　一組
探信儀　三式二型二基
水中聴音機　九三式二型一基
電波探信儀　二二号一基
発電機——｛六〇キロワット・一〇五ボルト「タービン」一基
　　　　　　四〇キロワット・一〇五ボルト「タービン」一基
機関——｛単式ターピン一基
　　　　　〇号乙一五改型ホ号二基

操舵員の田中兵曹が、非番のときに「航海日記」を毎日記帳していたので、第四〇号海防艦のくわしい艦歴と行動、出入港、船団および護衛艦などが明細にわかるのである。記録として残しておきたいと思う。

第五章――航海日記㈠

①第四〇号海防艦の艦歴と行動

昭和十九年九月七日、大阪藤永田造船所で起工。

同年九月二十日、キールおよび船体下部組み立て。

同年十一月十五日、進水式。

同年十二月二十二日、引渡式。警備海防艦と定められ、呉防備戦隊に編入。軍艦旗掲揚式。

同年十二月二十四日午前九時、大阪出港。

同年十二月二十五日午後四時、多度津沖仮泊。

同年十二月二十六日、呉入港。

同年十二月二十九日、呉出港。佐伯入港。

昭和二十年一月二日、呉防備戦隊佐伯防備隊。

同年一月三十日、対潜訓練隊にて対潜訓練に従事。

同年一月三十日、訓練隊司令の訓示が終わって呉に回航。

昭和二十年二月一日、呉防備戦隊より解かれ、第一護衛艦隊に編入（門司—昭南）。

同年二月三日午後九時三十分、呉出港。

同年二月四日午前九時十五分、門司入港。

同年二月五日午前七時、香港に向け門司出港（船団護衛。運航指揮官・土井大佐乗艦）。海四〇、海六九、海一二、三保丸、金泉丸、北京丸、万世丸。

同年二月九日午後七時十五分、泗礁山入港。

同年二月十日、泗礁山出港。

同年二月十四日午前十時三十分、香港入港。
同年二月二十日、香港出港。粟国（海）ほか船団六隻を護衛。
同年二月二十六日午後十二時二十分、泗礁山入港。
同年二月二十七日午前七時、三保丸、金泉丸、万世丸は分離、上海に向かう。
同年二月二十七日午前七時、泗礁山出港。
同年三月一日午後九時、濃霧のため朝鮮南岸牟黄島に仮泊。
同年三月二日午前六時四十五分、牟黄島出港。
昭和二十年三月三日午後四時四十分、六連島にて華頂山丸、天正丸を分離。
同年三月三日午後六時二十五分、門司岸壁に横付け。
同年三月五日、下関三菱五号ドックに入渠。
同年三月八日午後四時、出渠、浮標繋留。
同年三月十日午前十一時三十分、門司岸壁に横付け。
同年三月十二日午後四時五十六分、門司出港。同日午後六時五十分、六連島仮泊。
玉栄丸、サバン丸。護衛、四〇、一〇二、一〇六（ヒ〇一船団）。

同年三月十五日、船団編成を解き、同日午前六時三十分、門司回航。同日午前八時三十分、七岸繋留。

同年三月十六日午前七時十五分、基隆に向け門司出港（モタ船団）。筥崎丸、辰春丸、日光丸、聖川丸。護衛、海四〇、竹生、一〇二、一〇六。

同年三月十九日午前二時五十七分、筥崎丸、敵潜の雷撃により沈没。辰春丸小破。泗礁山仮泊。

同年三月二十二日午前六時、右泗礁山出港。重山仮泊。

②第四〇号海防艦の艦歴と行動

昭和二十年三月二十三日午前三時十分、哨戒出港。午後六時三十分、馬祖山仮泊。

B24、B29発見。

同年三月二十四日午前九時、馬祖山出港。午後六時二十分、大篛山仮泊。

B24、B29発見。

同年三月二十五日午後四時十分、大篛山出港。午後八時五十五分、馬祖山仮泊。

アメリカ陸軍爆撃機 B24リベレーター

同年三月二十六日午前六時、馬祖山出港。

同年三月二十六日午後五時、基隆入港。

同年四月一日午前二時三十分、転錨。午前六時十五分、出港。同日午後五時三十分、馬祖山仮泊。

同年四月二日午前三時五分、馬祖山出港。午後七時、北箕山仮泊。

同年四月三日午前六時四十五分、北箕山出港。午後四時三十五分、温州湾南に仮泊。

同年四月四日午後七時四十分、泗礁山入港。

同年四月五日、鹿島に横付け、重油搭載
同年四月六日午前六時、出港。

同年四月七日午後五時三十五分、青島外港に入港。午後六時四十分、内港入港。重搭。

同年四月八日午前十時、出港。

昭和二十年四月八日午後七時四十分、石島湾鉄木差山仮泊。

同年四月九日午前四時二十五分、右出港。同日午前十時三十分、日光丸、雷撃を受けて沈没。

敵潜の　犠牲になりし　若者の
日本に帰る　夢は消えたり

同年四月十一日午前七時まで対潜掃蕩。午後十時五十分、金魚島仮泊。

同年四月十二日午前五時二十五分、出港。午前六時五十分、船団に合同する。同日午後二時二十二分、釜山入港。

同年四月十三日午前四時三十五分、出港。午後三時十九分、六連島において磁気機雷に触雷、被害なし。

同年四月十三日午後六時四十五分、門司入港。

同年四月十六日午前八時十分、入渠。

同年四月十七日午前八時三十五分、出渠。

同年四月十八日午前八時十分、出港。同日午後四時二十分、浜田入港。

同年四月十九日午前八時、出港。同日午後三時四十五分、七類入港。

同年四月二十日午前六時、出港。午後三時五十分、舞鶴入港。

第一護衛艦隊より除かれ、舞鶴鎮守府部隊に編入。昭和二十年四月二十九日、第三船渠に入渠。

同年五月五日、舞鶴鎮守府部隊より除かれ、第一〇五戦隊に編入。

同年五月二十日、舞鶴出港。水測兵器調整不良のため反転。

同年五月二十一日、舞鶴出港。伏木に向け回航す。

同年五月二十二日午後二時十分、伏木沖に仮泊。午後六時十二分、伏木港第四岸壁に横付け。

同年六月十日、対潜掃蕩のため伏木沖に漂泊す。

同年六月十一日、対潜掃蕩後、見付島仮泊。

同年六月十二日午前九時十八分、出港。日和山鼻仮泊、ただちに出港対潜掃蕩。

同年六月十三日午後四時二十分、舞鶴入港。

同年六月二十三日午前六時、敵潜掃蕩のため出港。

同年六月二十四日午後三時、地蔵崎より反転。舞鶴に向かう。

同年六月二十五日午前十一時五十分、舞鶴入港。

③第四〇号海防艦の艦歴と行動

昭和二十年六月二十五日午後七時、船団護衛のため舞鶴を出港。

同年六月二十六日、魚見鼻付近にて高栄丸に合同、反転し舞鶴に向かう。午後十一時四十七分、舞鶴に入港。海四〇、海一二、掃新崎、駆四四、高栄丸。

同年七月二日午後五時、舞鶴出港。

同年七月三日午前十時五十六分、隠岐西郷港入港。

同年七月四日午前十時、隠岐西郷港出港。同日午後一時、別府入港。同日午後二時四十五分、別府出港。同日午後三時三十八分、浦郷入港。

同年七月五日午前十一時四十五分、出港。午後三時七分、西郷港入港。

同年七月九日午後十二時、出港。佐渡粟生鳥間対潜掃蕩。

同年七月十三日午後一時、酒田入港。

同年七月十七日午前七時、酒田出港。午後五時、新潟港より船団護衛。船団四隻、佐渡百カイリ沖まで護衛。

昭和二十年七月十八日午前八時、反転。午後七時三十分、佐渡真野湾入港。

同年七月二十二日午前八時、船団護衛のため新潟に回航予定変更により、午後十時二十分頃、両津港入港（佐渡）。

同年七月二十三日午後十二時、新潟に向け回航。午後四時三十分、船団に合同、百カイリ沖まで船団護衛。

同年七月二十四日午前五時、護衛を止め、酒田に向け反転。午後五時三十分頃、入港。

同年七月二十八日午前四時十二分、第一〇五戦隊司令官・海軍少将松山光治参謀乗艦。午後五時十分、酒田出港。第二掃蕩隊。海四〇、海一二、海八七の三艦にて対潜掃蕩。

同年七月二十九日午前六時三十五分、海八七、遭難者救助のため列を解く。

同年七月三十日午前八時、船川入港。午前九時二十四分、司令官参謀退艦。

同年八月三日午前五時、船川出港（船樽〇八船団）、商船七隻を護衛。一路北上す。

昭和二十年八月四日、濃霧のため仮泊。

同年八月五日午前六時、出港。午前八時十分、圦越崎入港。午後三時四十分、出港。

同年八月五日午後七時、函館入港。

同年八月六日午前九時三十分、出港。同日午後三時、小樽入港。

同年八月九日午前八時、出港—港外に投錨。午前九時、再び港内に入る。

同年八月十日午前三時、臨戦準備第一作業。同日午前四時、転錨、敵艦載機に備えて戦闘準備完成。

同年八月十二日午後十二時、小樽出港。午後三時三十分、船団に合同（樽内五〇船団）、商船十隻。護衛艦、鵜来、竹生、海四〇。

同年八月十四日午後七時、新潟入港。

同年八月十五日、新潟港において終戦。

昭和十九年十二月二十四日 ┐

昭和二十年四月二十日 ┘ 太平洋方面戦務甲。

昭和二十年五月二十一日〜八月二十四日、太平洋方面戦務甲。

同年八月十五日午後十二時、新潟港にて終戦。陛下より玉音放送あり、上甲板に総員集合、直立不動で聞く。身体の力が一度に抜けて敗戦を実感する。

同年八月十六日午前八時、新潟を出港。八月二十一日、小樽入港。ソ連軍北海道進駐をしないことになったため、婦女子引き揚げ中止となる。

同年八月二十二日、小樽出港。舞鶴に向かう。

同年八月二十四日、舞鶴入港。

同年八月二十五日、軍艦旗降下式。乗組員の復員を開始。四〇号運航に必要な人数を残して、全員舞鶴より復員。

同年九月十日、米軍の命により第一掃海部隊に編入。掃海作業に必要な関係要員を電報で呼び戻す。一度復員した者が、何事かと帰艦する。当時、私は中島先任の命を受けて内火艇を操舵し、舞鶴軍需部の衣服課へ兵を五〜六名を引率して防寒用の衣類、外袴、半長靴、防寒帽、防寒手袋などを六十名分受け取りに行った。衣服課の人が帳簿を全部焼却したため、必要なだけ記帳して持って行くように言われた。

第六章——機雷原の海で

昭和二十年八月六日午前八時十五分、広島に新型爆弾投下。広い広島の街は、一発の原子爆弾で全滅である。沢山の建物が焼失し、非戦闘員が焦熱地獄で水を求めて川に飛び込み、多くの人が亡くなったと聞く。

一発の　原爆により　広島は
　あとかたもなく　消え去りにけり

広島の原子雲

第四〇号海防艦は、日本海を北上し、函館に寄港する。原爆投下で広島が焼け野原になり、テンヤワンヤの頃、函館を出港して小樽に向かっていた。八月六日午後三時、小樽入港。水、食糧、燃料を搭載。八月六日から十二日まで停泊。半舷上陸があった。臨戦準備第一作業。敵艦載機に備えて戦闘準備を完成する。

昭和二十年八月十二日午後十二時、小樽出港のため出港準備をする。中島先任士官、川本航海士、伝令・操舵長の私は、舵輪の前に立つ。エンジンも試動して待機する。商船（樽内五〇船団）十隻と護衛三隻、鵜来、竹生は出港していった。

艦長がまだ帰艦していないのである。中島先任も、あわてて艦長を迎えに行かせ、先発した僚艦には信号を発する。

「われエンジントラブル修理中。修理完了後に追跡す」

中島先任は、「艦長はまだか」と、気がもめることだ。厳格な艦長が、こんなことは始めてだ。青木艦長は外泊すると、浴びるほど酒を飲む。だが、いったん帰艦して任務につくと、第四〇号海防艦の責任者として、二百余名の乗組員の命をあず

鵜来型海防艦「伊唐」

かっているので、厳しい艦長となって、つぎつぎと命令を下すのである。

青木艦長は、出港時間を少し遅れて帰艦した。直ちに艦橋へ。右前方の指定席へ着いて、「出港用意。もやいづな離せ」「前進微速」で、岸壁を離れる。

つぎつぎと速度を上げて全速で先に出港して行った商船十隻（樽内五〇船団）、護衛艦鵜来、竹生の後を追い、第四〇号海防艦は船団と合流し、商船護衛の任務に就《つ》いて一路、日本海を南下する。

そうして敵潜水艦の攻撃を受けず、無事に任務を完了し、八月十四日午後七時、新潟港に入港する。翌日、昭和二十年八月十五日、午後十二時、終戦を迎える。

昭和二十年八月十六日、午前八時、新潟出港。船川を経て小樽に向かって北上する。目的は婦女子引き揚げのためである。艦長は中島先任と、何やら相談していたようだ。私の操舵当直のときであった。男鹿半島沖で、艦長は「爆雷投下用意」「前進全速」「一発投下」を命ずる。

ズシーンと爆発音が艦に響き、水面が盛り上がる。反転し、爆発したところで「両舷停止」「魚取り用意」で、非番の者はみんな海に飛び込んで魚取りに夢中になる。大きな鯛《たい》や鮪《まぐろ》、鯖《さば》が仮死状態で浮いているのを、手づかみで甲板へ手送りする。見る間に、オスタップ五～六杯の大漁である。艦長の思いやりで乗組員に新鮮な魚を食べさせようとの思いである。だが、毎日毎日、さしみと魚の料理にはいささか参った記憶がある。

大漁の魚取りの話を乗せて、一路四〇号海防艦は小樽に向かう。昭和二十年八月二十一日、小樽に入港。北海道にソ連軍が進駐しないことになったので、婦女子の引き揚げは中止となる。

昭和二十年八月二十二日、小樽出港。舞鶴に向かう。

同年八月二十四日、舞鶴入港。

同年八月二十五日、軍艦旗降下式。復員開始。

同年九月十日、第一掃海部隊に編入される。

昭和二十年九月三十日、舞鶴出港。鎮海に向かう。海防艦四〇、海防艦二二、海防艦一六、海防艦一二の四隻が、掃海作業および弾薬類の海中投棄作業に従事する。鎮海に入港した後、防備隊の弾薬庫の弾薬類の海中投棄作業を行なう。

軍需部の人が、甲板に弾薬の箱を一杯積み上げる。岸壁を出港し、港外に出て六十メートル以上のところへ投棄する。毎日がこの作業のくりかえしである。

ある日、火薬庫の大爆発があり、爆風によって本艦までぐらぐらと来た。そして多数の死傷者が出た。そのため、海中投棄作業は一時中止となる。

翌日、二、三名の同年兵と外出して釜山へ行こうと、鎮海駅で日本円で切符を買おうと思ったら、駅員に日本円は通用しないと言われ、敗戦のみじめさを感じた。八月十五日以前なら、日本円でなんでも買うことができたのにと、口惜しさがこみ上げてきた。艦に帰って一杯飲むことにした。

日本の物産会社が来艦し、品物をいずれ押収されるので原価割れでよいから買って内地へ持って帰ってほしいということで、艦へ持ち込んできた。商社も必死である。私は米一俵と、牛一匹分の革、絹のカヤ、長靴、洋傘などを、俸給をはたいて買った記憶がある。ここにも敗戦のみじめさがあると思った。

海中投棄作業がまた始まった。作業中に台風が接近して高波が甲板を洗い、作業中に兵二名が波にさらわれ、海中に落下、行方不明となった。必死に救助作業をしたが、ついに発見救助することができなかった。心より両名の御冥福を祈る次第である。

毎日、岸壁から水深六十メートルの港外へ出港して、高角砲、機銃、小銃などの弾薬を、海中に捨てるのである。米軍監視の下である。

私は海中に捨てる弾丸を、大小十発ほど記念に持って帰ろうと思い、測程儀室(艦底の部屋)に並べて楽しんでいた。

この部屋は、消灯後のわれわれの宴会場である。バッテリーから取ったライトの明かりがある。藤田兵曹、住谷兵曹、大友兵曹ら「主計看護が兵隊ならば、蝶々トンボも鳥のうち」といわれる連中が集まって、大いに飲み、語り明かすのである。艦での一番の楽しみだ。そして、明日へのエネルギーが湧いてくるのである。

米海軍から借り受けたパラペーン式掃海具を使用して、掃海作業を行なう。海図上の機雷敷設場所の左端から、一番艦、二番艦、三番艦と掃海をしていくのである。一番艦曳行ワイヤーの点開器内側後方を、二番艦が掃海し、三番艦も同様に掃海をしていくのである。

対艦式大掃海具二型

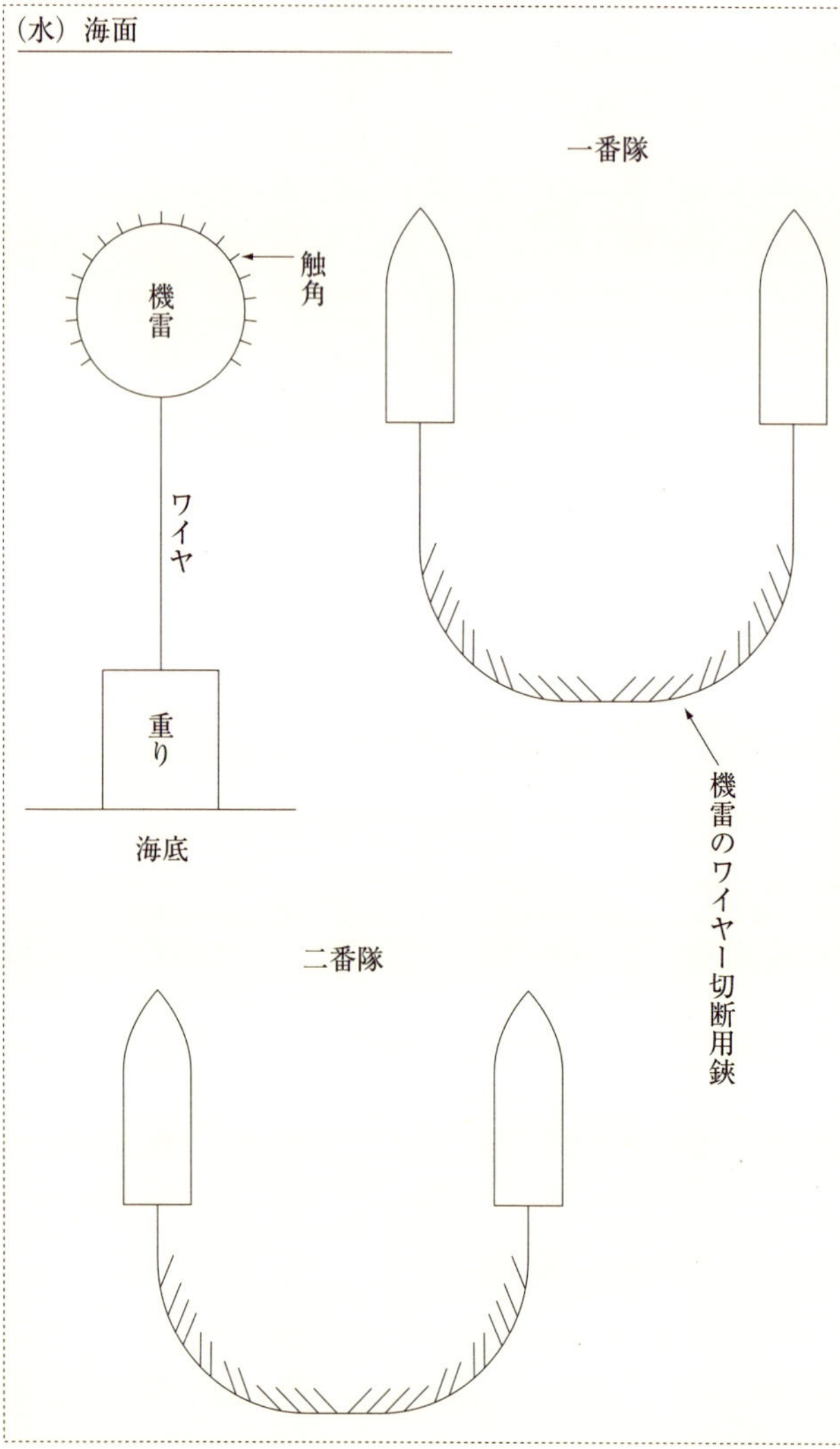

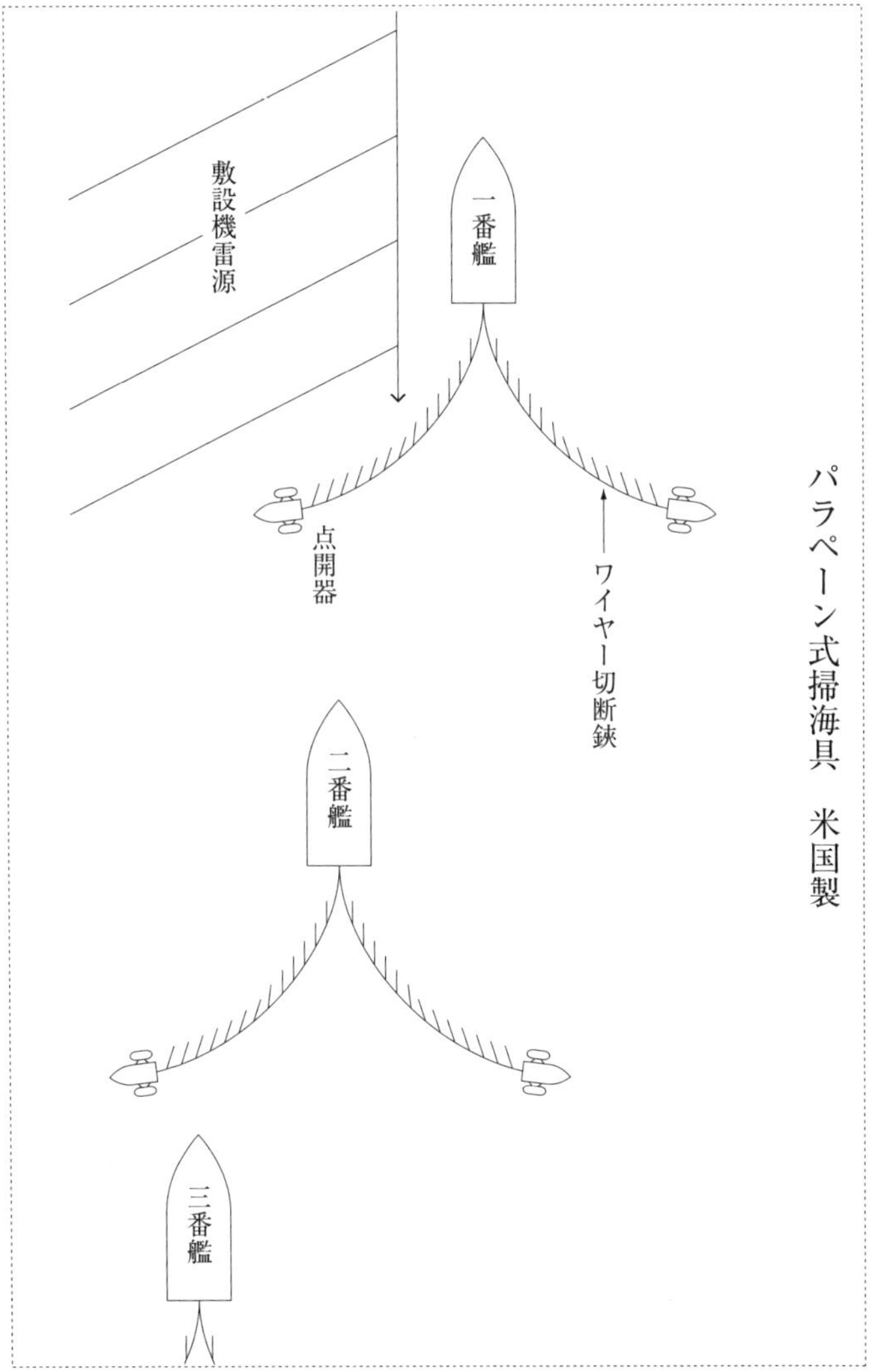
パラペーン式掃海具　米国製
敷設機雷源
一番艦
点開器
ワイヤー切断鋏
二番艦
三番艦

一番艦のワイヤー切断鋏に、機雷のワイヤーがひっかかり、曳航しているうちに鋏が作動し、ワイヤーが切断されて機雷が水面にポッカリと浮上してくる仕組みなのである。そうして潮流に流されて二番艦（海防艦四〇号）の前へ。前甲板の見張員が艦橋へ知らせる。

掃海の　任務に付きし　四〇号
　目前に浮く　機雷よけつゝ

「前方に機雷」

艦長は「面舵十度」を令する。私の操舵当直のときである。艦長の緊張した顔が目に浮かぶ。

「面舵十度宜候《ようそろ》」あまり大きな舵は取れない。掃海具を曳航しているから。機雷は五メートルほどの左舷を、後方へと流れていった。

「ヤレヤレ、助かった」と誰かが言う。本艦に当たっていれば、沈没である。命が

第六章——機雷原の海で

アメリカ陸軍爆撃機 B29の編隊

けの危険な作業である。後方に流れていった機雷を処理する艦が二隻いて、その機雷に向かって機銃を打ち込んで爆発させるのである。

何発打ち込んでも、触角に当たらないので、爆発せずに海中へ沈んでいったのもある。うまく触角に当たって大爆発の水柱が、あちらこちらから一日じゅう聞こえてくる。

潮流に流されていく爆雷を追いかけて処理をするのも、大変危険な作業であり、命がけで任務に邁進《まいしん》したのである。

大東亜戦争前後、我が国の軍港付近や主要水道、対馬海峡、紀伊水道、東京湾口、津軽海峡などに、日本海軍が敷設《ふせつ》した繋維機雷の合計は五万五千三百四十七個。

そのほかに米軍の飛行機（B29）から投下敷設されたパラシュート付き新型機雷数は、じつに一万二千百三十五個で、それらが日本の港湾付近、軍港入口、下関海峡に敷設された。その種類は、磁気、音響、水圧機雷、上記機雷を併用した新型機雷が投下敷設されたのである。

この機雷に触雷して、多数の船舶や軍艦が爆発沈没した。その数は昭和二十一年一月までに二十一隻を数えたが、それらの艦船が触雷沈没したのである。米海軍掃海部隊は、緊急に掃海に着手する。日本近海、軍港周辺および対馬と朝鮮海峡間の繋維機雷原を、六週間も掃海作業に従事、啓開をしたのである。

④第四〇号海防艦の艦歴と行動

昭和二十年十月二十三日、鎮海防備隊の弾薬類の海中投棄作業を終了する。

同年十月二十四日、米軍のLSC四二号艦長の命により行動することになる。日本海軍が朝鮮海峡に敷設した繋維機雷を、大掃海具二型により対艦で掃海を行なったがうまくゆかず、機雷がぶつかり、自爆して危険であったので、掃海を中止する。日本海軍が九州―朝鮮間に敷設した機雷原は、四千二百平方浬《カイリ》の広さにおよび、機雷数は六千個で、四線に敷設されているのである。

同年十月二十六日、掃海を中止、佐世保に帰投。

同年十一月十六日、壱岐周辺で海防艦「大東」が触雷のため沈没した。そのため暫時、掃海作業は中止となった。

同年十二月六日～十八日まで川南造船所で修理。

同年十二月十九日、佐世保港に帰投する。

昭和二十年十二月二十三日、米式掃海具により一般の船舶には、機雷原の位置が不明ゆえ、海上交通上、非常に危険である。米海軍掃海部隊の指揮下で海四〇号、海二二号、海一二号、竹生は、対馬海峡の掃海作業に従事する。隊列を組んでの機雷原の掃海作業は、命がけの任務である。日本の掃海部隊の総指揮官は、志摩海軍中佐であった。昭和二十一年四月十六日、対馬海峡の掃海は終了した。処分機雷数は三千百七十九個の機雷を爆破処理したのである。掃海作業中に米海軍の掃海艇が触雷沈没し、沢山の人が艇と共に深い海に消えて亡くなった。心より御冥福をお祈りする次第である。朝鮮海峡の掃海を行なうため嚴原に向け佐世保出港。

同年十二月二十五日、嚴原を基地として掃海再開。米軍のオブザーバー参加。

昭和二十年十二月二十九日、米掃海艇MINIVETは、日本掃海部隊のためブイを入れていたとき触雷、轟沈した。士官一名、下士官・兵三十名が殉職した。直ちに掃海を中止し、遭難者の救助にあたる。

海防艦「大東」。戦後の掃海作業中に触雷沈没

思いでを　たどりて遠き　終戦の
対馬の海に　散りし米兵

触雷のため轟沈した米大型掃海艇はRAVEN型で排水量八百九十トン。三千五百馬力、十八ノットの最新型の掃海艇であった。

爆発によって吹き飛ばされた人たちをボートで救助し、米艦に渡すべく全力で救助活動をする。機雷原にボートを乗り入れ、気絶している米兵を、早く一人でも多く救助するために必死で努力する。人命救助の感謝状が受与される。

感謝状

一九四五年十二月二十九日、対馬下ノ島嚴原沖ニ於テ負傷或ハ人事不省ノ為正ニ溺死セントセル米人救助ニ対シ深甚ノ謝意ヲ表ス。米艦ミニベット号遭難者中ニハ人事不省ニ陥チ、今正ニ溺死セントスル者モアリ。之ガ救助ノ為日本船員ハ機雷原ニ短艇ヲ乗入レ、或ハ安全ナ筏ニ収容センガ為、寒冷ナル海中ヲ泳イダ者モアリ。第十六号掃海特務艇ノ如キハ、逸早ク現場ニ到着、機雷原ニ突入シ、絶大ナル援助ヲ与ヘタリ。死者十一名ヲ収容。死体ハ日本人ニ依リ丁重ニ取扱ハレタリ。本事件ハ全ク悲シムベキ事故ナリシモ、志摩掃海隊員ノ行動ニ依リ、小官指揮ノ下克ク人命ノ喪失ヲ極限スルヲ得タリ。

CTG五二・五

海軍大佐　テー・ダブリュー・デビソン

杉山中将殿

第七章――青木艦長の思い出

昭和十九年十一月、青木艦長は第四〇号海防艦の艤装委員長として、藤永田造船所へ来られた。そうして四〇号海防艦の責任者として指揮を取ることになった。起工して三ヶ月あまりが過ぎていたので、半分以上できあがっていて、戦闘艦らしくなっていた。

当時、私は甲板下士をしていたので、毎日のように呉から送り込まれてくる下士官・兵の受け入れを、高井兵曹とともに行なっていた。分隊別に宿舎（海三六号は完成して出港していた）へ導く。広くなった宿舎を、四〇号だけが使用するようになって、人も多くなってきた。大阪出港のときには二百余名の乗組員になるのである。

青木艦長の下で、われわれは生死を共にするのだ。厳格な中に思いやりのある艦長である。外出すると、浴びるほど酒を飲むが、乗艦して任務に付くと、一滴も酒を口にせず、何時間も艦橋の指定席において指揮を取るのである。

艦長は一人である。中島先任が、「艦長室で休んで下さい」と言っても、「いや大丈夫だ」と、中島先任と交替することをせず、常に指定席で仮眠をとっているときが多かった。たまに中島先任と交替するぐらいである。ほかの者は三部制で、三直交替で当直に立つのである。

本艦には入浴設備はなく、洗面器一～二杯の水で体を拭くだけである。初航海のときは、門司～香港間を二週間入浴もなしで航海を続けたのである。総員虱《しらみ》をわかしての帰途、門司港検疫所で虱退治のため、蒸気消毒を受ける。

衣嚢も全部、消毒済みの中を見てびっくり。革靴は縮小して、子供用になっているではないか。革製品は全部、使用できず変形しているではないか。「みんなこりや、どうなってるんだ！」と、高熱消毒には乗組員全員が参ったのである。

艦長は航海中、常に指定席にいて、つぎつぎと命令を下すのである。私の当直中も、安全水域では、艦橋の指定席で仮眠しているときもあった。当直士官は三直制で、安藤中尉、川本少尉、中島（敬）少尉が、航海士として艦橋で勤務していた。艦長の交代は中島先任であるが、ほとんど交替せずに頑張っていた。

艦長は、乗組員全員の責任者として「部下を絶対に死なせないぞ」という信念を持っており、艦長以下一丸となって任務に邁進してきたのである。

昭和二十年八月十五日、新潟港で敗戦の玉音放送を聞いて、みんなガックリと力が抜けてしまった。艦長は、この艦を敵に渡すくらいならと、自沈・自決を覚悟した由。その方法は、乗組員全員を上陸させ、五～六名の者を残し、艦底に穴をあけて沈める方法を考えていたらしい。後日、中島先任より聞いたことがある。

舞鎮より「至急、舞鶴に帰投せよ」との命令で、急いで舞鶴港へ帰投する。八月二十五日、軍艦旗降下式。あと一部の部署の者を残し、復員を始める。私は残留組で、残務整理をしていた。

九月十日、舞鎮より「第一掃海部隊に編入、米軍指揮下に入り、掃海作業に従事せよ」と通告を受け、艦長は掃海要員を選定して電報を打った。

「タダチニキカンセヨ四〇ゴウカイボウカンチョウアオキキヨカズ」と召電を発した。軍艦旗を下ろし、軍隊から開放されても、永年勤務した軍人精神は生きていた。電報を受け取った者全員が、帰艦したのである。

そして艦長の命令を厳守し、戦時中の規律を守り、一丸となって弾薬投棄に、掃海作業にと従事する。艦長は乗組員の安全を考えて、この危険な作業を何とかしなくてはと頭を痛めていたようだ。

掃海の　命を受けたる　艦長は
　　復員したる　兵を呼びもどせり

十二月二十九日、米掃海艇ミニベットが触雷、轟沈した。われわれの目前で沈んでいったのだ。また十一月十六日には、われわれと作業を共にした「大東」が触雷し轟沈、多数の犠牲者を出したのである。

艦長は永年、外国航路の船長をやり、英語はペラペラである。この語学を生かして、米軍の指揮官に面談し、直ちに掃海を中止して、佐世保に帰投したのである。

艦長は占領軍命令違反者として、強制労働を刑せられるのも覚悟で、掃海作業を中止したのである。

危険な作業で触雷すれば、命はないのである。艦長は、いまの乗組員は私の命令によって召還した者で、彼らに危険な作業をさせるわけにはいかないと訴えたのである。

艦長は三月二十九日、軍法会議に召喚された。米軍に対する命令違反者として（ストライキ第一号）である。一度も公式の取り調べも、尋問もなかった。艦長の言うことが筋が通っているからである。約二ヶ月間、法務官舎に軟禁状態にされ、毎日諸焼酎《いもじょうちゅう》を飲み、麻雀に興じていたとのことである。

こうした太腹の艦長の下で、約一年間、寝食を共にできたことは、最高の幸福である。今は亡き艦長の御冥福を、心よりお祈りする次第である。

慰問のおけさ娘と再会の宴

海防艦40号の元乗組員

「水運びありがとう」

37年ぶり〝真野湾寄港〟

終戦直前の昭和二十年七月、補給と乗野湾に入港した旧日本海軍の海防艦の悶し佐渡おけさなどを披露した当時の流が三十七年もたった現在も続いてお野湾に面した佐和田町沢根の旅館で懇

海防艦四〇号は二十年七月十八日、ウラジオストク方面へ向かう船団を護衛した帰途、食糧、水などの補給と乗組員休養のため真野湾沢根沖に停泊した。同艦は排水量約千トンで乗組員は二百数十人。その乗組員が半数ずつ上陸。青木清和艦長(七七)=元川崎汽船常務、東京都大田区在住=は真野宮参拝後、立ち寄った沢根の旅館で佐渡おけさの名人村田文蔵氏(故人)のことを聞き、その旅館の主人の肝いりで、相川町から村田氏と立浪会のお囃子(はやし)連中を艦に招いた。

その際、沢根の女子青年団の娘さんたちも振りそで姿で艦を訪問し、狭い甲板の急造の舞台で「佐渡おけさ」「相川音頭」などを踊った。

同艦は四日目の二十二日朝、同湾を出港したが「乗組員が一番不自由しているのは水です」という話を聞いた女子青年団員たちがその朝、水を入れたタライ、バケツ

を訪 た。 は呉 は近 それ 方面 そ いて 先任 在住 ○会

「新潟日報」に報道された「海40会」懇親会

※

昭和二十年七月十八日午後七時三十分、佐渡真野湾沢根の沖に仮泊する。海防艦四〇号の補給と休養のためである。

翌日、小船に乗った沢根の女子青年団十名ほどと「佐渡おけさ」の名人村田文三さんとおはやし連が、本艦を慰問に来艦したのである。

上甲板後部に特設舞台を作って、全員集合し、村田文三さんの力のこもった「佐渡おけさ」を聞いた。女子青年団の歌や踊りもあったように記憶している。

帰りぎわに、「お船で一番不自由しているものは何ですか」と聞かれ、中島先任が「水が一番不自由しています」と言っていた。それを聞いて二十日朝、小船にバケツやたらいに水を入れ、本艦まで届けに来てくれたのである。オスタップに何杯かの水を頂き、感謝の気持で一杯である。

中島先任の尽力により、当時の女子青年団の方々も、海四〇会の会合に出席し、昔のことを語り合って、若き日の思い出の一ページとして交流が続いているのである。昭和五十七年五月十八日に真野湾に面した沢田町沢根の旅館で、第七回海四〇会の懇親会が開かれた。当時の女子青年団員十二名も出席されて盛大に総会が開かれ、「新潟日報」にも報道された。若き日の昔を語り合ったのである。その後もずーっと交流が続いている。

一年に　一度会いたる　戦友の
　つもる話は　若き日のこと

第八章——再会

昭和二十年九月、第四〇号海防艦は、第一掃海部隊に編入され、米軍の命により戦争中に日本海軍によって朝鮮海峡に敷設された機雷の掃海を行なった。日本海軍の対艦式掃海具には欠点が多く、うまく掃海ができなかったので作業を中止し、十月二十六日、佐世保に帰投した。

そこで米海軍のパラペーン式掃海具で掃海を行なうことになり、その使用法および組み立てを指導するため、米海軍の将校二名と下士官・兵四名が四〇号海防艦に約一週間、指導に来た。その中にスマートな若い少尉がいた。名前はウイリアム

P・スティパーといい、私の片言の英語で名前を聞いたりして友だちになった。艦橋で彼らはサンドウィッチを食べ、コーヒーを飲んで昼食をしながら、次第に打ち解けて、いろいろと話すようになった。大学を出てすぐ海軍に入り、何ヶ月かの教育訓練中、日本人は気が荒く、喧嘩早い人種と教えられ、日本に来て始めて会った日本人が私だったと、後日、彼に聞いた。

一週間の最後の日に、彼が日の丸の小旗がほしいといったので、下宿からもらってきて進呈すると、彼が一枚の写真を私にくれた。水着の女の人がポーズを取っている写真である。

彼は「私の妹の写真だ」と言ったが、(ほんとうかな? ムービースターのブロマイドだろう)と思い、「サンキュー」と言って貰《もら》っておいた。(十六年後、再会のとき、この写真が私である証明になった)。

十二月二十三日、佐世保を出港し、米軍の掃海具を使って対馬海峡の掃海に従事することとなった。私は操舵長なので、ときどき艦橋で舵を取っていたから、撃維機雷の掃海が危険な作業であることを、身をもって痛感した。

潮流によって、自艦の目の前にワイヤーの切断された機雷が、いつ浮上してくるかわからないのである。

一番艦、二番艦、三番艦ともに危険が一杯の作業である。広い海の中を何回、機雷原を掃海しても、完全に機雷がなくなったとは、当時としては調べる方法がなかったと思う。

十二月二十九日、掃海作業中、米軍の掃海艇MINIVET号が過《あやま》って未掃海面に入り、触雷、轟沈するという事故があった。そのため掃海を中止して嚴原に入港、佐世保に帰投した。

その後、私は交替要員を要請して、新しく乗艦してきた人に申し継ぎをし、昭和二十一年四月二日、佐世保より復員した。

「光陰矢のごとし」――復員して十五年になろうとしたとき、昭和二十六年五月頃、私の本籍地の役場から電話があり、「米軍の軍属の人が、花井文一という人をさがしているが、あなたの住所を知らせてもよいか」と言ってきた。「都合が悪いようでしたら、知らせませんが」とのことだった。

名前を聞いたら、ウイリアムＰ・スティパーとのことだ。その人なら会いたいから、私の住所と電話番号を知らせてもらった。十五年の空白があるため、彼の顔も名前も忘れかけていた。十六年前に、四〇号海防艦の艦橋で、四～五回会っただけの人で、まして外人である。

それから十日ほど過ぎて、私の家に電話があった。

「私は大谷という者ですが、スティパー氏より、あたなを探してほしいと頼まれて、舞鶴、佐世保、東京の各復員局などを聞いたがわからず、彼があなたの名刺を持っていたので、本籍地の役場へ電話を入れて、やっとあなたの住所がわかりました（私は十六年前に、彼に名刺を渡したことを忘れていた）。彼はぜひ一度、あなたに会いたいと言っています。現在、岐阜の川崎航空機工業株式会社岐阜製作所内の外人専用の社宅にいます。ぜひ電話をして下さい」とのことであった。

彼は六尺（約百八十二センチ）以上の長身で、百キロ以上の大男とのことだ。十六年前の空白で、思い出すことは無理だった。妻子と共に二年間、在日米海軍兵器局技術代表として、日本に来ているとのことだった。

さっそく川崎航空のオフィスへ電話を入れた。通訳をまじえて、佐世保軍港にいたこと、四〇号海防艦のこと、掃海作業のことなど、いろいろと話をして、彼は私に間違いないことを確かめてから言った。

「ぜひお会いしたい。場所と時間を指定してほしい」と。当時、私は名古屋市熱田区二番町に住んでいたので、熱田神社が近いし、目標としては一番であると思い、熱田神宮正門の鳥居の下で、十六年ぶりに彼と家族に再会することになった。

昭和三十六年六月四日の午前十一時だと思うが、通訳の大谷氏とともに、外車の大きな車から巨体が下車して来て、しっかりと握手をした。見上げるほどの長身である。彼は昔のスマートな海軍少尉の面影はなく、大きな外人という感じである。顔は優しく、人なつっこい少尉の頃、四〇号海防艦の艦橋で話をした人とは、別人のような気がした。

奥さんや子供三人の紹介の後、私の家に向かった。家では始めて外人の招待客ゆえ、何を作ってよいやらテンヤワンヤだった。純日本式でやろうと、すき焼き、てんぷら、お寿司で昼食をしながら、昔話に花が咲いた。

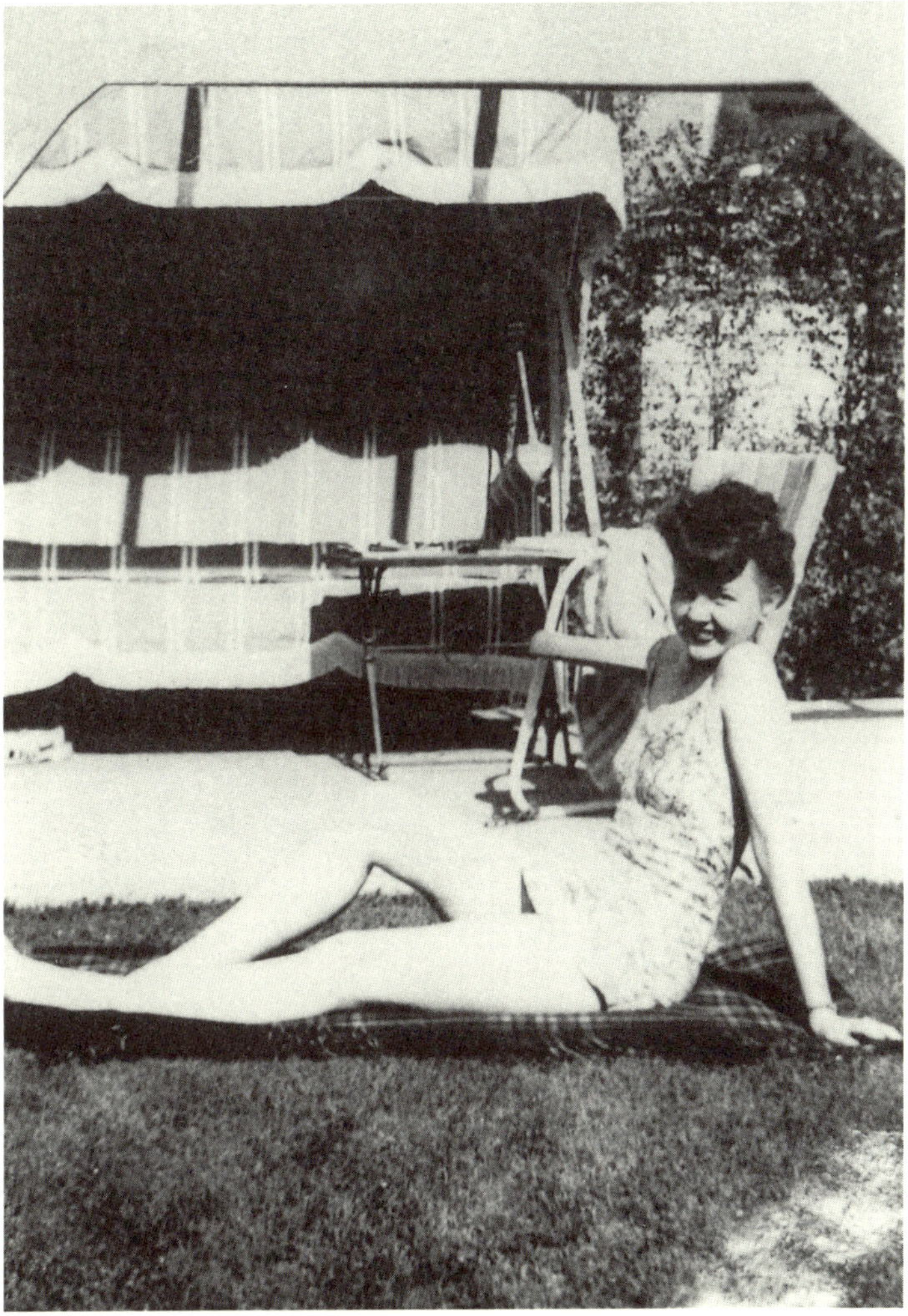

昭和20年9月、40号海防艦艦橋でスティパー氏からもらった妹の写真

私のアルバムを見せたところ、自分の妹の写真があるのに驚いて、奥さんと顔を見合わせ、「なぜ、ここに妹の写真があるの」と彼に聞いていたようである（彼も四〇号海防艦で、自分の妹の写真を私にくれたのを忘れていた）。

いま妹は結婚し、子供が三人あると言う。十六年前の友情が、この写真一枚で確認されたように思う。ムービースターの写真と思い、捨てなくてよかったと思った。一番下の子供が六歳で、スーザンといい、日本語はペラペラ。日本の幼稚園へ行っているため、パパ、ママの言っていることを通訳してくれた。

それから一年間、彼の家と私の家へ一月おきに行ったり来たりして、毎月彼の家族と会い、友情を深めた。彼の家族とともに名古屋の時代祭を見たり、三河、三谷、蒲郡方面へのドライブ、中村の四海波入浴等々、数え切れないほどの楽しい一年間だった。

蒲郡方面のドライブに行くときには、子供たち（スーザン六歳、ハリー九歳）が私の車に乗って行くといい出した。「私はなぜかな？」と思った。彼の車は大きく乗心地もよいはずなのに。それに反して私の車はバネがかたく、悪い道を走るとき

昭和36年６月４日、名古屋の著者宅を訪れたウイリアムP・スティパー一家

昭和36年８月20日、外人専用プールで。著者とスティパー氏

昭和63年５月、海40会に招かれた大阪城でのスティパー夫妻

は後部座席に乗っていると、跳《は》ね上げられるようになる。

ところが、それが子供たちには面白いらしく、二人の子供は「ヘイ、バンビネ」と、車ががたがたと悪路によっては跳ね上げられることを、喜んでいる。後から走ってくる両親の心配をよそに、二人は大はしゃぎである。

そのとき、八ミリを撮影したりして、後日、彼の家で映写した。その際に、私の車が写っていたら、二人の子供が同時に「ヘーイ、花井さんのオールドカーバンビネ」と言ったので、親は「ノー」とたしなめたが、子供は正直である。バンビのようにとび跳ねる車が面白かったようだ。

また、中村の四海波へ入湯に行ったときなどは、大浴場の岩風呂が珍しく、滝もあったりして、いつまでも泳いでいて上がってこない。家内が早く上がってくるようにと言って連れてきたときには、風呂に酔って真っ青な顔になっていて、みんなが心配したこともあった。

こうした家族ぐるみの交際ができたのも、四〇号海防艦に私が乗っていて、彼が一週間、四〇号海防艦へ掃海器具の指導に乗艦して来たのが始まりである。彼の妹

海上自衛官大谷一佐

自宅玄関前のステイパー氏一家

神戸港の見えるレストランで会食するステイパー、中島、花井各夫妻

の写真と私の名刺が、十六年前の昔の友情を深め、再会ができたことを喜んでいる。

また私とスティパー氏の再会をお世話下さった海上自衛官大谷一佐に感謝している。大谷氏が私の本籍地の役場へ電話をして、住所を彼に知らせてくれなかったら、永久に再会はできなかっただろう。

スティパー氏は、昭和三十七年六月、二年間の任期満了のため、横浜港から米国へ商船で帰国した。以来、私との友情は続いている。当時六歳だったスーザンちゃんも一昨年、結婚して、米国から招待状が来た。彼の一家と再会し、横浜港で見送ってから月日の流れは速いもので、もう二十余年が過ぎ去っていった。

私の人生の中で一番嬉しかったことは、友情を忘れずに、私を探してくれたことである。そして大谷氏の協力で再会できたことだ。いつの日か第四〇号海防艦の戦友会（海四〇会）の総会へ招待しようと思いながら、月日が流れていった。

昭和六十三年五月七日、海四〇会戦友会奈良大会に、長年の夢であったスティパー氏と奥さんをお招きし、約一ヶ月間、我が家に宿泊してもらい、京都、大阪、神戸、奈良の博覧会を見物し、岐阜にも知人がいるので新幹線で会いに行ったりして、日本の旅を満喫してもらい、大阪空港からアメリカのアーリントンへ帰られた。元気でおられると思う。

第九章――航海日記㈡

⑤第四〇号海防艦の艦歴と行動

昭和二十年十二月二十一日、米掃海艇触雷、轟沈の人命救助終了後、掃海基地厳原を経て佐世保に帰投する。

昭和二十一年一月三十一日～二月四日、五島列島周辺で、掃海訓練（基地鯛ノ浦、青方）。

同年二月十四日、佐世保帰投。

同年二月十五日、相ノ浦入港。

同年二月十八日、佐世保帰投。

同年二月二十三日、佐世保出港。嚴原に向かう。

同年三月五日、海四〇、二二、一二、竹生、掃海を再開。

同年三月六日、梯陣列でパラペーン式掃海具により作業を行なう場合、後続艦は撃維索が切断されて、浮上漂流する機雷の銃撃処分や回避運動などのため、艦長以下乗組員は寸時の油断も許されず、危険このうえもない作業であった。このため各艦々長は協議のうえ、米海軍に対して、

一、安全なる掃海方法、設備の再検討。

二、事故が発生した場合の遺族等に対する補償。

三、掃海手当の増額などの要求――を出した。

同年三月七日
　三月二十九日 ｝佐世保に帰投。米軍の命により、四艦とも乗組員は上陸禁止処分を受け、青木艦長は軍法会議に召喚された。

同年三月三十日、宇田大尉、新艦長として着任。

同年四月三日、私（操舵長）は交替要員に申し継ぎをして復員をする。

同年四月十六日まで試航筏曳航のため修理。
同年四月十七日
同年四月二十五日 } 米軍の命により、佐世保の第七ドックにおいて試航筏二基Y C-一二〇四、一二〇五が三月十七日、完成。

一　船殻重量　五〇〇トン
二　排水量　四五七〇トン
三　全長　一五七フィート
四　巾　六四フィート
五　深さ　二四フィート

右記の要目は、じつに大規模な掃海器具である。これは磁気および音響機雷に対する掃海を終わってから、磁気および水圧機雷に対して確認掃海を行なうためのものので、多くの浮力タンクに分けられ、被害をうけても沈みにくいようにしてあった。

曳航には、タービン機関を有する丁型海防艦が適当と認められ、左記の編成により、四月十七日、十八日の両日、佐世保港外で曳航訓練を行ない、四月二十五日付で試航筏隊が編成された。

第一試航筏隊　海二六、一五六、ＹＣ-一二〇四
第二試航筏隊　海四〇、一〇二、ＹＣ-一二〇五
昭和二十一年四月二十六日
同年八月二十二日
試航筏隊はいずれも呉復員局に属し、その全体の指揮は志摩中佐が当たった。

五月上旬より月末にわたり、下関海峡の第三水道の掃海に参加し、ついで七月中旬より月末にかけて、周防灘の第一航路の啓開に当たった。この間、電纜の故障のため、いったん徳山へ戻って修理。さらに周防灘の掃海に先立って、またしても呉で修理を要するなど、幾多の困難に直面した。

困難は、その操作にいたって、きわめて多大であった。曳航時の旋回圏は約千五百ヤードにもおよび、あまりにも実用に不便であったので、八月二十二日、佐世保に帰投した。

この間、第二試航筏隊は、七月十九日および七月二十五日と二回、宇部港南西沖で触雷したが、被害は軽微であった。同年九月六日、任務を解かれ、第一掃海部隊は解散したのである。

同年九月七日
同年九月十六日　試航筏を米海軍に返納し、入渠修理を行なった。

同年九月十七日、舞鶴に回航、特別保管艦として繋留された。乗組員は艦内および艦外の塗装機械の修理手入れ。各部をピカピカに磨いて最高の状態に整備をし、賠償引き渡しの指令を待つ。

保管艦は指定港にあって、艦種艦型によってそれぞれの保管郡が編成され、その艦の最後を飾るため、艦長以下全乗組員は、その整備と保安に全力を尽くした。

昭和二十二年四月二十三日、米極東軍司令部は特別保管艦の賠償引き渡しに関する指令を発した。

同年八月二十五日、第四〇号海防艦は、宵月、屋代、隠岐、海八一、海一〇四、海一〇七とともに、第三次三組の引き渡し艦として佐世保に集結した。

同年八月二十九日、青島に回航、中華民国に賠償として引き渡された。中国名、成安、ＣＨＥＮＡＮ。賠償として引き渡された元第四〇号海防艦は、中華民国海軍の軍艦として活躍してくれたことと思う。

あとがき

「第四〇号海防艦艤装員附を命ず」――呉潜水艦基地隊より大阪藤永田造船所へ来てみてびっくり。船渠（ドック）には何もなく、船台もキールも置いてなかった。隣のドックで海防艦三六号の船体が出来上がっていた。起工から三ヶ月半で、昼夜突貫工事で完成する。

青木艦長以下、二百名あまりの乗組員が、大阪港を出港して呉から佐伯の沖で対潜訓練を一ヶ月。終わって船団護衛の任務に付くのである。

第四〇号海防艦の初航海は香港行で、商船四隻を護衛して門司を出港する。護衛艦三隻が商船を守りながら、一路南下し、敵潜水艦にも発見されずに無事香港に入港する。帰りも六隻の商船を護衛し、日本に向かって初航海の任務を無事終了する。

以後、つぎつぎと命令を受けて商船護衛中、敵潜水艦の魚雷攻撃を受け、筥崎丸、日光丸などが沈没したのである。本艦も六連島において磁機機雷に触雷したが被害はなく、無事であった。

日本海にも敵潜水艦が出没するため、商船護衛と対潜掃蕩に明け暮れる毎日であった。その間にも乗組員の休養と、水、食糧、燃料補給のために寄港した港は、香港、基隆、鎮海、嚴原、門司、佐世保、呉、舞鶴、隠岐、佐渡、酒田、伏木、船川、小樽、新潟に及ぶ。第四〇号海防艦の乗組員には、若き日の思い出がそれぞれの港に一杯あると思う。

そうして終戦の詔勅を、新潟の岸壁で聞くことになる。以後は、舞鶴より運航に必要な者以外は復員をするのである。

「やれやれ、戦争も終わって自由な身になれた」と思う間もなく、艦長命令「ただちに帰艦せよ」の電報で、掃海要員として召集されたのである。第一掃海部隊に編入され、米軍の指揮下に入って、鎮海火薬庫の爆薬投棄を米艦監視のもとで行なう。その任務が終わってからは、繋維機雷の掃海作業の任務に付くのである。掃海中にポッカリと浮上した機雷に接触すれば、沈没である。見張りを厳重にし、その機雷を避けつつ、パラペーン式掃海具を曳航し、対馬海峡の機雷原を何回となく往復して掃海をするのである。

青木艦長の命令を遵守して、終戦後も日本海軍の精神は永遠に生き続けることだろう。

最後にこの本を出版するに当たり、多大の御尽力をいただいた元就出版社代表取締役浜正史様に心より感謝の言葉を申し上げます。

二〇〇二年一月

花井　文一

第四〇号海防艦〈栄光の強運艦の航跡〉

2002年3月20日　第1刷発行

著者　花井文一
発行人　浜　正史
発行所　株式会社　元就《げんしゅう》出版社
〒171-0022 東京都豊島区南池袋4-20-9
サンロードビル301
電話　03-3986-7736 FAX 03-3987-2580
振替　00120-3-31078

印刷所　東洋経済印刷株式会社

※乱丁本・落丁本はお取り替えいたします。

ISBN4-906631-79-7　C 0095